AF724804

La fontaine

L'EVNVQVE

COMEDIE.

A PARIS,

Chez AVGVSTIN COVRBÉ, au Palais, en la Gallerie des Merciers, à la Palme.

M. DC. LIV.

AVEC PRIVILEGE DV ROY.

Y. 5762.
E.

ADVERTISSEMENT AV LECTEVR.

CE n'eſt icy qu'vne mediocre copie d'vn excellent Original: Peu de perſonnes ignorent de combien d'agréemens eſt remply l'Eunuque latin. Le ſujet en eſt ſimple, comme le preſcriuent nos Maiſtres, il n'eſt point embaraſſé d'incidens confus, il n'eſt point chargé d'ornemens inutiles & détachez; tous les reſſorts y remuent la machine, & tous les moyens y acheminent à la fin. Quant au nœu, c'eſt vn des plus beaux, & des moins communs de l'antiquité. Cependant il se fait auec vne facilité merueilleuse, & n'a pas vne seule de ces contraintes que nous voyons ailleurs. La bien-séance & la mediocrité que Plaute ignoroit, s'y rencontrent par tout, le Parasite n'y est point goulu par delà la vray-semblance, le Soldat n'y est point fanfaron iusqu'à la folie, les expressions y sont pures, les pensées delicates; & pour comble de loüange la nature y instruit tous les personnages, & ne manque iamais de leur suggerer ce qu'ils ont à faire & à dire. Ie n'aurois iamais fait d'examiner toutes les beautez de l'Eunuque; les moins clair-voyans s'en sont apperceus aussi bien que moy; chacun sçait que l'ancienne Rome faisoit souuent ses delices de cét Ouurage, qu'il receuoit les applaudissemens des honnestes gens & du peuple, & qu'il passoit alors pour vne des plus belles productions de cette Venus Afriquaine, dont tous les gens d'eſprit ſont amoureux. Auſſi Terence s'eſt-il ſeruy des modeles les plus parfaits que la Grece ait iamais formez ; il auouë eſtre redeuable à Menandre de ſon ſujet, & des caracteres du Paraſite & du fanfaron : ie ne le dis point pour rendre cette Comedie plus recommandable; au contraire ie n'oſerois nommer deux ſi grands Perſonnages, ſans crainte de paſſer pour profane, & pour temeraire, d'auoir oſé trauailler apres eux, & manier indiſcrettement ce qui a paſſé par leurs mains. A la verité c'eſt vne faute que i'ay commencée, mais quelques-vns de mes amis me l'ont fait acheuer : ſans eux elle auroit eſté ſecrette, & le public n'en auroit rien ſceu : ie ne pretens pas non plus empeſcher la cenſure de mon Ouurage, ny que ces noms illuſtres de Terence & de Menandre luy tiennent lieu d'vn aſſez puiſſant bouclier contre toutes ſortes d'atteintes ; nous viuons dans vn ſiecle & dans vn païs où l'authorité n'eſt point reſpectée : d'ailleurs l'Eſtat des belles lettres eſt entierement populaire, chacun y a droit de ſuffrage, & le moindre particulier n'y reconnoiſt pas de plus ſouuerain iuge que ſoy. Ie n'ay donc fait cét Aduertiſſement que par vne eſpece de reconnoiſſance ; Terence m'a fourny le ſujet, les principaux ornemens, & les plus beaux traits de cette Comedie : pour les vers & pour la conduite, on y trouueroit beaucoup plus de defauts, ſans les corrections de quelques perſonnes dont le merite eſt vniuerſellement honoré. Ie tairay leurs noms par reſpect, bien que ce ſoit auec quelque ſorte de repugnance ; au moins m'eſt-il permis de declarer que ie leur dois la meilleure & la plus ſaine partie de ce que ie ne dois pas à Terence :

Quant au reſte, peut-eſtre le Lecteur en iugera-t'il fauorablement: quoy qu'il en ſoit, i'eſpereray touſiours dauantage de ſa bonté, que de celle de mes Ouurages.

PERSONNAGES.

CHERE'E, Amant de Pamphile.

PARMENON eſclaue; & confident de Phœdrie.

PAMPHILE, Maiſtreſſe de Cherée.

PHOEDRIE, Amant de Thaïs.

THAIS, Maiſtreſſe de Phœdrie.

THRASON Capitan, & riual de Phœdrie.

GNATON Paraſite, & confident de Thraſon.

DAMIS Pere de Phœdrie, & de Cherée.

CHREMES frere de Pamphile.

PYTHIE femme de Chambre de Thaïs.

DORIE ſeruante de Thaïs.

DORVS Eunuque.

SIMALION, DONAX, SYRISCE, SANGA, Soldats de Thraſon.

L'EVNVQVE.
COMEDIE.

ACTE PREMIER.

SCENE PREMIERE.

PHOEDRIE, PARMENON.

PARMENON.

HE bien! on vous a dit qu'elle estoit empeschée;
Est-ce là le sujet dont vostre ame est touchée?
Peu de chose en amour alarme nos esprits;
Mais il n'est pas besoin d'excuser ce mespris,
Vous n'escoutez que trop un discours qui vous flate.

PHOEDRIE.

Quoy! ie pourrois encor brûler pour cette Ingrate!
Qui pour prix de mes vœux, pour fruit de mes trauaux
Me ferme ſon logis, & l'ouure à mes riuaux?
Non, non, i'ay trop de cœur pour ſouffrir cette iniure;
Que Thaïs à ſon tour me preſſe & me coniure,
Se ſerue des appas d'vn œil touſiours vainqueur,
M'ouure non ſeulement ſon logis, mais ſon cœur,
I'aymerois mieux mourir qu'y rentrer de ma vie;
D'aſſez d'autres beautez Athenes eſt remplie:
De ce pas à Thaïs va le faire ſçauoir,
Et luy dy de ma part.

PARMENON.

Adieu, iuſqu'au reuoir,

PHOEDRIE.

Non, non, dy-luy pluſtoſt adieu pour cent années.

PARMENON.

Peut-eſtre pour cent ans prenez-vous cent iournées,
Peut-eſtre pour cent iours prenez-vous cent momens,
Car c'eſt ſouuent ainſi que content les Amans.

PHOEDRIE.

Ie sçauray desormais conter d'vne autre sorte:

PARMENON.

Pour s'esteindre si-tost vostre flamme est trop forte.

PHOEDRIE.

Vn si iuste dépit peut l'esteindre en vn iour.

PARMENON.

Plus ce dépit est grand, plus il marque d'amour.
Croyez-moy, i'ay de l'âge, & quelque experience,
Vous l'irez tantost voir remply d'impatience;
L'amour l'emportera sur cét affront receu,
Et ce puissant dépit que vous auez conceu
S'effacera d'abord par la moindre des larmes
Que d'vn œil quasi sec, mais d'vn œil plein de charmes,
En pressant sa paupiere elle fera sortir,
Sçauante en l'art des pleurs, comme en l'art de mentir.
Et n'accusez que vous si Thaïs en abuse,
Qui dés le premier mot de pardon & d'excuse
Luy direz bonnement l'estat de vostre cœur;
Que bien-tost du dépit l'amour s'est fait vainqueur,
Que vous en seriez mort s'il auoit falu feindre;
Quoy! deux iours sans vous voir? ah! c'est trop se
contraindre,

Ie n'en puis plus Thaïs, vous estes mon desir,
Mon seul objet, mon tout, loing de vous quel plaisir?
Celà dit, c'en est fait, vostre perte est certaine;
Cette femme aussi-tost fine, adroite, & hautaine,
Sçaura mettre à profit vostre peu de vertu,
Et triompher de vous, vous voyant abbatu.
Vous n'en pourrez tirer que des promesses vaines,
Point de soulagement ni de fin dans vos peines,
Rien que discours trompeurs, rien que feux inconstans;
C'est pourquoy songez-y tandis qu'il en est temps:
Car estant rembarqué, pretendre qu'elle agisse
Plus selon la raison que selon son caprice,
C'est fort mal reconnoistre & son sexe, & l'amour;
Ce ne sont que procés, que querelles d'vn iour,
Que tréues d'vn moment, ou quelque paix fourrée,
Injure aussi-tost faite, aussi-tost reparée,
Soupçons sans fondement, en fin, rien d'asseuré;
Il vaut mieux n'aymer plus, tout bien consideré.

PHOEDRIE.

L'amour a ses plaisirs aussi bien que ses peines.

PARMENON.

Appellez-vous ainsi des faueurs incertaines?
Et si pres de l'affront qui vous vient d'arriuer,
Faites vous cas d'vn bien qu'on ne peut conseruer?

PHOEDRIE.

Si Thaïs dans sa flâme eust eu de la constance,
I'eusse estimé ce bien plus encor qu'on ne pense,
Et bornant mes desirs dans sa possession
I'aurois iusqu'à l'Hymen porté ma passion.

PARMENON.

Vous, espouser Thaïs ! vne femme inconnuë,
Sans amis, sans parens, de tous biens despourueuë,
Vefve, & contre le gré de ceux de qui la voix
Dans cette occasion doit regler vostre choix !
Ce discours, sans mentir, me surprend & m'estonne ;
Ie n'ay pas entrepris de blasmer sa personne,
Elle est sage, & l'accueil qu'en ont tous ses Amans
N'aboutit (ie le crois) qu'à de vains complimens.
Mais......

PHOEDRIE.

Il suffit, le reste est de peu d'importance ;
Thaïs quoy qu'estrangere, est de noble naissance,
Qu'importe qu'vn espoux ait regné sur son cœur?
Sa beauté, tousiours mesme, est encore en sa fleur:
Quant aux biens, ce soucy n'entre point dans mon ame,
Et ie ne pretens pas me vendre à quelque femme

Qui m'ayant acheté pour me donner la loy
Se croiroit en pouuoir de disposer de moy.
En l'estat où les Dieux ont mis nostre famille,
Ie dois estimer l'or bien moins qu'vn œil qui brille;
Aussi le seul deuoir a contraint mon desir;
Sans que ie laisse aux miens le pouuoir de choisir.
Sans doute à l'espouser i'eusse engagé mon ame,
Ne cachons point icy la moitié de sa flâme,
C'est à tort que des miens i'allegue le pouuoir,
Et ie cede au dépit bien plus qu'à mon deuoir.

PARMENON.

Vous cedez à l'amour plus qu'à vostre colere,
Ce courroux implacable en soupirs degenere,
Vous faisiez tantost peur, & vous faites pitié,
Vostre cœur, sans mentir, est de bonne amitié,
Ce qu'il a sceu cherir rarement il l'abhorre,
Il adoroit ses fers, il les respecte encore,
Ces fers à leur captif n'ont rien qu'à se monstrer,
Qui n'en sort qu'à regret est tout prest d'y rentrer.

PHOEDRIE.

Tay-toy, i'entends du bruit, quelqu'vn sort de chez elle.

PARMENON.

Que vous faites bon guet!

PHOEDRIE.

Si c'estoit ma cruelle?

PARMENON.

Déja vostre, bons Dieux!

PHOEDRIE.

Ah!

PARMENON.

Retenez vos pleurs.

PHOEDRIE.

Ie sçay qu'elle est perfide, & ie l'ayme, & ie meurs,
Et ie me sens mourir, & n'y vois nul remede,
Et craindrois d'en trouuer tant l'amour me possede.

PARMENON.

L'aueu me semble franc, libre, net, ingenu.

PHOEDRIE.

Tu vois en peu de mots mes sentimens à nu.

PARMENON.

Si ie les voyois seul encor seriez-vous sage;
Mais cette femme en voit autant ou dauantage;
Et connoist vostre mal; non pas pour vous guerir.

PHOEDRIE.

Ie ne vois rien d'aisé comme d'en discourir;
Mais si tu ressentois vne semblable peine,
Peut-estre verrois-tu ta prudence estre vaine.

PARMENON.

Au moins, s'il faut souffrir endurez doucement,
L'amour est de soy-mesme assez plein de tourment,
Sans que l'impatience augmente encor le vostre,
Au chagrin de ce mal n'en adjoustez point d'autre,
Aymez tousiours Thaïs, & vous aymez aussi.

PHOEDRIE.

Le conseil en est bon; mais....

PARMENON.

Quoy mais?

PHOEDRIE.

PHOEDRIE.

La voicy.

PARMENON.

Sa presence met donc vos projets en fumée.

PHOEDRIE.

Pour ne te point mentir mon ame en est charmée.

SCENE II.

PHOEDRIE, THAIS, PARMENON.

THAIS.

AH Phœdrie! he bons Dieux! quoy vous voir en ce lieu!
Vraiment vous auez tort, que n'entrez-vous?

PHOEDRIE.

Adieu.

THAIS.

Adieu! le mot est bon, & vaut que l'on en rie:

PHOEDRIE.

Quoy, Thais, à l'affront joindre la raillerie!
C'est trop.

THAIS.

De quel affront entendez-vous parler?

PHOEDRIE.

Voyez qu'il luy sied bien de le dissimuler.

THAIS.

Pour le moins dites-moy d'où vient vostre colere.

PHOEDRIE.

Me gardiez-vous, ingrate, vn refus pour salaire?
Apres tant de bien-faits, apres tant de trauaux
M'exclure, & receuoir ie ne sçay quels riuaux!

THAIS.

Ie ne pus autrement, & i'estois empeschée.

PHOEDRIE.

Encor si comme moy vous en estiez touchée,
Ou bien si comme vous ie pouuois m'en mocquer.

THAIS.

Vous estes delicat, & facile à picquer.
Escoutez mes raisons d'vn esprit plus tranquille;
Pour quelque autre dessein l'excuse estoit vtile,
Et vous l'approuuerez vous-mesme asseurement.

PARMENON.

Elle aura par amour renuoyé nostre amant,
Et par haine sans doute admis l'autre en sa place.

THAIS.

Parmenon pourroit-il me faire assez de grace
Pour n'interrompre point vn discours commencé?

PARMENON.

Oüy, mais rien que de vray ne vous sera passé.

THAIS.

Pour vous mieux desbroüiller le nœud de cette affaire,
Ie prendray de plus haut le recit qu'il faut faire;
Quoy qu'on ignore icy le nom de mes parens,
Ils ont en diuers lieux tenu les premiers rangs,
Samos fut leur patrie, & Rhodes leur demeure.

PARMENON.

Tout cela peut passer, ie n'en dis rien pour l'heure,

Il faut voir à quel point vous voulez arriuer.

THAIS.

Là tandis que leurs soins estoient de m'éleuer,
On leur fit vn present d'vne fille inconnuë,
Qui dans Rhodes estoit pour esclaue tenuë;
Bien qu'elle fust fort ieune, & n'eût lors que quinze ans,
Elle nous dit son nom, celuy de ses parens,
Qu'on l'appelloit Pamphile, & qu'elle estoit d'Attique,
Que ses parens auoient encor vn fils vnique,
Qu'il se nommoit Chromer, que c'estoit leur espoir;
C'est tout ce que l'on pût à cet âge en sçauoir.
Chacun iugeoit assez qu'elle estoit de naissance;
Son entretien naïf & remply d'innocence,
Mille charmes diuers, sa beauté, sa douceur,
Me la firent cherir à l'egal d'vne sœur.
Dés qu'elle fut chez nous, on eut soin de l'instruire;
Pour moy comme i'estois d'vn âge à me conduire,
A peine on eut appris qu'on me vouloit pouruoir;
Qu'vn ieune homme d'Attique estant venu nous voir,
Me recherche, m'obtient, m'amene en cette ville,
Où lors que ie croyois nostre Hymen plus tranquille,
Il mourut, & laissant tout mon bien engagé,
De mille soins fascheux mon cœur se voit chargé;
Ils accrurent le dueil de ce court Hymenée,
Et comme on voit aux maux vne suite enchaînée,

Le ſort pour m'accabler de cent coups differens,
Cauſa preſqu'auſſi-toſt la mort de mes parens;
Vn mal contagieux les eut priué de vie;
Auant que de ce mal ie puſſe eſtre auertie.
Leur bien iuſques alors aſſez mal ménagé,
D'vn oncle que i'auois ne fut point negligé;
Auec nos creanciers il en fait le partage,
Et ſceut de mon abſence auoir cet auantage.
Ie l'appris ſans deſſein de l'aller conteſter,
L'ordre que dans ces lieux ie deuois apporter
(Bien moins que le regret d'vne mort ſi funeſte)
Feit qu'en perdant les miens, i'abandonnay le reſte.
I'en obſeruay le deuil qu'exigeoit mon deuoir,
Tout vn an ſe paſſa ſans qu'aucun pût me voir;
Enfin noſtre Soldat vint m'offrir ſon ſeruice:
Loin de me conſoler ce m'eſtoit vn ſupplice.
Vous ſçauez qu'on ne peut le ſouffrir ſans ennuy,
Ie l'ay pourtant ſouffert eſperant quelque appuy.

PARMENON.

Vous tirez de mon Maiſtre encor plus d'aſ-
ſiſtance.

THAIS.

Ie l'auouë & voudrois qu'vne autre recompenſe
Eſgalaſt les bien-faits dont il me ſçait combler.

PARMENON.

Helas! le pauure Amant commence à se troubler.

PHOEDRIE.

Te tairas-tu? Thaïs, acheuez ie vous prie.

THAIS.

Au bout de quelque temps Thrason fut en Carie;
Et vous sçauez qu'à peine il estoit délogé,
Qu'on vous vit à m'aymer aussi-tost engagé:
Vous me vintes offrir et credit & fortune,
I'en estimay deslors la faueur peu commune;
Et vous n'ignorez pas combien depuis ce iour
I'ay tesmoigné de Zele à gagner vostre amour.

PHOEDRIE.

Ie croy que Parmenon n'a garde de se taire.

PARMENON.

En pouriez-vous douter? mais où tend ce mistere?

PHOEDRIE.

Tu le sçauras trop tost pour mon contentement.

THAIS.

Escoutez-moy de grace encor vn seul moment !
Thrason nostre soldat battu par la tempeste,
Au port des Rhodiens iette l'ancre, & s'arreste,
Va voir nostre famille, y trouue encor le deuil,
Mes parens depuis peu renfermez au cercueil,
Mon oncle ayant mes biens, cette fille adoptiue
Preste d'estre venduë, & traittée en captiue:
Il l'achete aussi-tost pour me la redonner;
Puis fait voile en Carie, et sans y sejourner
Reuient en ce païs, ou quelque Parasite
Luy dit qu'en son absence on me rendoit visite;
Que s'il auoit dessein de me donner ma sœur,
Le present meritoit quelque insigne faueur.

PHOEDRIE.

Ne vaudra-t'il pas mieux qu'on luy laisse Pamphile ?

THAIS.

Ie me resous à suiure vn conseil plus vtile.
Vous sçauez qu'en ce lieu ie n'ay point de parens,
Qu'il me peut chaque iour naistre cent differens;
Et bien que vous preniez contre tous ma défence,
Souuent vn contre tous peut manquer de puissance:

Souffrez donc que ie cherche vn appuy loin des miens,
Ie n'en sçaurois trouuer qu'en la rendant aux siens;
Ie ne puis l'obtenir sans quelque complaisance:
Il faut donc vous priuer deux iours de ma presence,
La peine en est legere, & ce temps acheué,
Le reste vous sera tout entier conserué?
Gagne cela sur toy, de grace, ie t'en prie,
Tu ne me respons rien, dy moy mon cher Phœdrie!

PHOEDRIE.

Que pourrois-je respondre (ingrate) à ces propos?
Voyez, voyez Thrason, ie vous laisse en repos,
Faites luy la faueur qu'vn autre a meritée:
C'est où tend cette histoire assez bien inuentée;
Vne fille Inconnuë est prise en certains lieux,
On nous en fait present, elle charme nos yeux,
Thrason vient à m'aymer, vous me rendez visite,
Il me quitte, il apprend nos feux d'vn Parasite,
Les miens perdent le iour, mon oncle prend mes biens,
Vend la fille à Thrason, ie la veux rendre aux siens;
Et cent autres raisons l'vne à l'autre enchaînées,
Puis en fin de me voir priuez vous deux iournées.
C'estoit donc là le but où deuoit aboutir
La fable que chez vous vous venez de bastir:
Sans perdre tant de temps, sans prendre tant de peine,
Que ne me disiez-vous i'ayme le Capitaine?

N'opposez

N'opposez point vos feux à cet ardent desir,
Vous aurez plustost fait d'endurer qu'à loisir
Ie contente l'ardeur que pour luy i'ay conceuë :
Dites si vous voulez que la vostre est deceuë,
Prenez-en pour tesmoins les hommes & les Dieux,
Pourueu qu'incessamment il soit deuant mes yeux,
Il m'importe fort peu de passer pour parjure.

THAIS.

Ie vous ayme, & pour vous ie souffre cette injure.

PHOEDRIE.

Vous m'aymez! c'est en quoy mon esprit est confus;
L'amour peut-il souffrir de semblable refus?

THAIS.

Ie ne vous répons point de peur de vous déplaire,
Il faut que ma raison cede à vostre colere,
Ie ne veux point de temps, non pas mesme vn seul iour,
Ie renonce à ma sœur plustost qu'à vostre amour.

PHOEDRIE.

Plustost qu'à mon amour! ah! si du fond de l'ame,
Ce mot estoit sorty.

THAIS.

Doutez-vous de ma flâme?

PHOEDRIE.

I'auray lieu d'en douter, si ce terme finy,
Tout autre Amant que moy de chez-vous n'est bany.

THAIS.

Quel terme?

PHOEDRIE.

De deux iours.

THAIS.

Ou trois.

PHOEDRIE.

Cet ou me tuë.

THAIS.

Ostons-le donc.

PARMENON.

Enfin sa constance abbatuë
Cede aux charmes d'vn mot, ie l'auois bien preueu.

PHOEDRIE.

A ce que vous sçauez auiourd'huy i'ay pourueu;
Vostre sœur peut auoir vn Eunuque aupres d'elle,
I'en viens d'acheter vn qui me semble fidelle,
Et tantost Parmenon viendra pour vous l'offrir.
Souffrez vostre Soldat puis qu'il faut le souffrir;
Mais ne le souffrez point sans beaucoup de contrainte:
Donnez-luy seulement l'apparence & la feinte,
Pendant vos complimens, songez à vostre foy,
De corps aupres de luy, de cœur aupres de moy,
Reuez incessamment, chez-vous soyez absente.

THAIS.

Vous ne demandez rien que Taïs n'y consente,
Et ce point ne sçauroit vous estre refusé.

PHOEDRIE.

Adieu.

THAIS.

Comment si-tost?

PARMENON.

Que son esprit rusé
Pour attraper nostre homme, a d'art & de soupplesse!

THAIS.

Vous voyez mon amour en voyant ma foiblesse;
Ie ne vous puis quitter que les larmes aux yeux,
Soyez tousiours, Phœdrie, en la garde des Dieux.

SCENE III.

PHOEDRIE, PARMENON.

PARMENON.

Est-il dans l'Vniuers innocence pareille?
Qui la condamneroit en luy prestant l'oreille?
Que Thaïs a sujet de se plaindre de moy!
C'est vn chef-d'œuure exquis de constance & de foy.

PHOEDRIE.

N'as-tu pas veu ses yeux laisser tomber des larmes?
Pour guerir mon soupçon qu'ils emploioiēt de charmes!

PARMENON.

En matiere de femme on ne croit point aux pleurs;
Vn serpent (ie le gage) est caché sous ces fleurs.

PHOEDRIE.

Non, non, pource coup-cy ie dois estre sans crainte;
Ce qu'en obtient Thrason, marque trop de contrainte,
Peut-estre le voit-elle afin de l'espouser,
En ce cas c'est moy-seul que ie dois accuser;
Que n'ay-je decouuert le fond de ma pensée!
Dans vn plus haut dessein ie l'eusse interessée,
Elle auroit bien tost sceu m'asseurer de sa foy,
Bannir tous ses amans, ne viure que pour moy,
Puis que sans cet espoir tu vois qu'on me prefere;
Les deux iours expirez, ie propose l'affaire;
Il faut ouurir son cœur & ne point tant gauchir.

PARMENON.

Que dirons vos parens?

PHOEDRIE.

On poura les flechir;
Du moins nous attendrons que la parque cruelle
M'ait par vn coup fatal rendu libre comme elle:
Eloignent les destins à ce coup qu'il faudra voir,
Et fassent que d'ailleurs depende mon espoir:
D'vne ou d'autre façon ie suiuray cette enuie,
Dont tu vois que depend tout le cours de ma vie:

Censure mon projet, rauale sa beauté,
Dy ce que tu voudras, le sort en est ietté.
Montre luy cependant l'Eunuque, sans remise;
Et de peur qu'à l'abord Thaïs ne le méprise,
Soingne auant que l'offrir qu'il soit mieux ajusté,
Et que par ton discours son prix soit augmenté:
Dy qu'on l'a fait venir des confins de l'Asie,
Qu'on l'a pris d'vne race entre toutes choisie,
Qu'il chante, & sçait ioüer de diuers instrumens,
Accompagne le don de quelques complimens:
Iure que pour Maistresse il merite vne Reyne,
Que Thaïs l'est aussi (regnant en Souueraine
Sur tous mes sentimens) & mille autres propos.

PARMENON.

Tenez le tout pour fait, & dormez en repos.

PHOEDRIE.

S'il se peut; mais aux champs aussi bien qu'à la ville,
Ie sens que mon esprit est tousiours peu tranquille;
Il me faut toutesfois éprouuer auiourd'huy
Ce qu'ils auront d'appas à flatter mon ennuy.

PARMENON.

A vostre prompt retour nous en sçaurons l'issuë.

PHOEDRIE.

Peut-estre verras-tu ta croyance deceuë;
Seulement pren le soin...

PARMENON.

Allez, ie vous entends.

SCENE IV.

PARMENON, seul.

AH! combien l'amour change vn homme en peu de temps!
Deuant que le hazard eust offert à sa veuë
Les fatales beautez dont Thaïs est pourueuë,
Cet Amant n'auoit rien qui ne fust accomply;
De loüables desirs son cœur estoit remply,
Il ne prenoit de soins que pour la republique;
Et mesme le ménage, où trop tard on s'applique,
De ses plus ieunes ans n'estoit point negligé;
Auiourd'huy qu'vne femme à ses loix l'a rangé,
Ce n'est qu'oisiueté, que crainte, que foiblesse,
Le nombre des amis, la grandeur, la noblesse,

Et tant d'autres degrez pour vn iour paruenir
Au rang que ses ayeuls ont iadis sceu tenir,
Sont des noms odieux dont cette ame abatuë
A tousiours craint de voir sa flâme combatuë;
Et quelque bon dessein qu'en fin il ait formé,
Il ne sçauroit quitter ce logis trop aymé,
Ne s'en reuient-il pas me changer de langage?

SCENE V.

PHOEDRIE, PARMENON.

PARMENON.

SAns mentir c'est à vous d'entreprendre vn voyage,
Quoy! desia de retour, vous sçauez vous haster.

PHOEDRIE.

Pour te dire le vray i'ay peine à la quitter.

PARMENON.

Du lieu d'où vous venez, dites-nous quelque chose,
Les champs auroient-ils fait vne metamorphose?
Et depuis le long-temps que vous estes party,
Ce violent desir s'est-il point amorty?

PHOEDRIE.

PHOEDRIE.

Pourquoy s'embarasser d'vn voyage inutile?
Si Thrason dés l'abord fait present de Pamphile,
Thaïs ayant sa sœur peut luy manquer de foy.

PARMENON.

Mais s'il retient aussi Pamphile aupres de soy,
Connoissant de Thaïs les faueurs incertaines?

PHOEDRIE.

Ne puis-je pas tousiours attendre dans Athenes?

PARMENON.

Deux iours sans vous montrer?

PHOEDRIE.

Quatre s'il est besoin.

PARMENON.

Du bon-heur d'vn riual vous seriez le tesmoin?

PHOEDRIE.

A te dire le vray ce seul penser me tuë,
Et vois bien qu'il vaut mieux m'éloigner de leur veuë:
Adieu.

PARMENON.

Combien de fois voulez-vous reuenir ?

PHOEDRIE, reuenant.

I'obmettois en effet qu'il te faut souuenir
De m'enuoyer quelqu'vn, si Thaïs me rappelle,
Mais que le messager soit discret et fidelle,
Et sur tout diligent, c'est le principal point;
Pour toy pren garde à tout, & ne t'épargne point.

PARMENON.

Ie n'ay que trop d'employ, n'ayez peur que ie chome.

PHOEDRIE, reuenant.

A propos, pren le soin de bien stiller nostre homme.

PARMENON.

Quel homme ?

PHOEDRIE.

Nostre Eunuque.

PARMENON.

A seruir d'espion ?

PHOEDRIE.

Il le faut employer dans cette occasion.

PARMENON, voyant Phœdrie s'en aller.

Que de desseins en l'air son ardeur se propose!

PHOEDRIE, retournant, & donnant vne bource à Parmenon.

Ie sçauois bien qu'encor i'oubliois quelque chose;
Aux valets de Thaïs, i'en fay quelque present,
C'est de tous les secrets le meilleur à present.

PARMENON.

Est-ce là le dépit conceu pour cette injure?
N'auez-vous fait serment que pour estre parjure?

PHOEDRIE.

Voudrois-tu que iamais on ne pût m'appaiser?

PARMENON.

Vostre bon naturel ne se peut trop priser;
Qui pardonne aisement, merite qu'on le loüe.

PHOEDRIE.

Vrayment ie suis d'auis qu'vn Esclaue me joüe,
Qu'il tranche du railleur, qu'il fasse l'entendu.

PARMENON.

Quoy, vous voulez qu'encor tout cecy soit perdu?

PHOEDRIE.

Garde bien au retour de m'en rendre vne obole.

PARMENON.

Vous serez obey, Monsieur, sur ma parole.

PHOEDRIE.

Ie l'entens d'autre sorte, & veux qu'on donne à tous.

PARMENON.

Nous pouuons leur donner & retenir pour nous.

PHOEDRIE.

Adieu, que du Soldat sur tous il te souuienne.

PARMENON.

Fuyons viste d'icy de peur qu'il ne reuienne.

ACTE II.

SCENE I.

GNATON.

QVE le pouuoir est grand du bel art de flatter!
Qu'on voit d'honnestes gens par cet art subsister!
Qu'il s'offre peu d'emplois que le sien ne surpasse!
Et qu'entre l'homme & l'hōme il sçait mettre d'espace!
Vn de mes compagnons qu'autresfois on a veu
Des dons de la fortune abondamment pourueu,
Qui tenant table ouuerte, & tousiours des plus braues,
Vouloit estre seruy par vn monde d'esclaues;
Deuenu maintenant moins superbe & moins fier,
S'estimeroit heureux d'estre mon estafier:

N'aguere en m'arrestant il m'a traitté de maistre;
Le long temps & l'habit me l'ont fait méconnoistre:
Autant qu'il estoit propre auiourd'huy negligé,
Ie l'ay trouué d'abord tout triste, & tout changé.
Est-ce vous (ay-je dit) aussi-tost il me conte
Les malheurs qui causoient son chagrin & sa honte;
Qu'ayant esté d'humeur à ne se plaindre rien,
Ses dents auoient duré plus long-temps que son bien,
Et qu'vn jeûne forcé le rendoit ainsi blesme.
Pauure homme! n'as-tu point de resource en toy-mesme?
(Ay-je respondu lors) & ton cœur abatu
Manque-t'il au besoin d'adresse & de vertu?
Compare à ce tein frais ta peau noire & flestrie;
I'ay tout & ie n'ay rien que par mon industrie;
A moins que d'en auoir pour gagner vn repas,
Les morceaux tout rotis ne te chercheront pas.
En fin veux-tu disner n'ayant plus de marmite?
Imite mon exemple, & fay toy Parasite;
Tu ne sçaurois choisir vn plus noble mestier:
Gardez-en (m'a-t'il dit) le profit tout entier;
On ne m'a iamais veu ny flatteur ny parjure,
Ie ne sçaurois souffrir ny de coup ny d'injure,
Et lors que i'ay d'vn bras senty la pesanteur,
Ie n'en suis point ingrat enuers mon bien-faicteur:
D'ailleurs faire l'Agent et d'amour s'entremettre;
Couler dans vne main le present et la lettre,

Preparer les logis, faire le compliment,
Quand Monsieur est entré, sortir adroitement,
Auoir soin que tousiours la porte soit fermée,
Et manger, comme on dit, son pain à la fumée,
C'est ce que ie ne puis ny ne veux pratiquer;
Adieu: moy de sourire, et luy de s'en piquer.
Il s'en trouue (ay-je dit) qu'à bien moins on oblige,
Et c'est là le vieux jeu qu'à present je corrige;
On voit parmy le monde vn tas de sottes gens,
Qui briguent des flatteurs les discours obligeans:
Ceux-là me duisent fort, ie fuis ceux qui sont chiches,
Et cherche les plus sots, quand ils sont les plus riches.
Ie les repais de vent que ie mets à haut pris:
Prens garde à ce qui peut allecher leurs esprits,
Sçais tousiours applaudir, iamais ne contredire,
Estre de tous auis, en rien ne les dédire,
Du blanc donner au noir la couleur & le nom;
Dire sur mesme point tantost oüy, tantost non,
Ce sont icy leçons de la plus fine estoffe,
Ie commente cet art, & i'y suis philosophe:
Le liure que i'en fais, aura sans contredit,
Plus que ceux de Platon, de vogue & de credit.
Nous-nous sommes quittez, remettant la dispute,
I'ay quelque ordre important qu'il faut que i'execute,
De la part d'vn Soldat que ie sers à present:
Ie vais trouuer Thaïs, & luy faire vn present;

Il est tel que mon ame en est presque tentée;
C'est vne ieune Esclaue à Rhodes achetée,
L'âge en est de seize ans, l'embonpoint d'vn peu plus,
La taille en marque vingt, & pour moy ie conclus
Qu'elle soit (& pour cause) en vertu d'Hymenée,
Aux desirs d'vn espoux bien-tost abandonnée,
Ou ie crains fort d'en voir quelque autre possesseur:
Ce grand abord de gens au logis de sa sœur,
Le scrupule des noms d'ingrate & de cruelle,
De ces cœurs innocens la pitié criminelle,
Cent autres ennemis d'vn honneur mal gardé,
Marquent le sien perdu, du moins fort hazardé.
Mais entr'eux le debat; n'estant point ma parente
La suite m'en doit estre au moins indifferente;
L'exposant au danger sans crainte & sans soucy,
Ie m'en vais la querir dans vn lieu prés d'icy;
Et plust à quelque Dieu, qu'en passant par la ruë
Du riual de mon maistre elle fust apperceuë;
Voicy son Parmenon qui s'auance à propos,
Pour peu qu'il tarde icy nous en dirons deux mots.

SCENE

SCENE II.

PARMENON.

Nostre Amant ayant dit mille fois en vne heure,
Quoy! s'éloigner des lieux où mon ame demeure?
N'iray-je pas? iray-je? en fin s'est hazardé,
Et mille fois encor m'a tout recommandé:
Que ie prenne bien garde au nombre des visites,
Qu'on peut rendre en personne, ou bien par parasites;
Qu'aux enuirons d'icy nul ne fasse vn seul tour,
Dont mon liure chargé ne l'instruise au retour;
Et que si ie surprens le Soldat aupres d'elle,
Ie tienne des clains-d'œil vn registre fidelle,
Escriue leurs propos de l'vn à l'autre bout,
Ne laisse rien passer, & sois present à tout;
(Car le sage ne doit qu'à soy-mesme s'attendre)
C'eust esté pour quelque autre vn plaisir de l'entendre;
Moy qui sans cesse marche, & qui trotte & qui cours,
Ie ne ris qu'à demy de semblables discours;
Et ie souhaiterois du fond de ma pensée,
Que le Dieu Cupidon eust la teste cassée;

Cela feroit grand bien aux pieds de cent valets:
I'approche de Thaïs, & voicy son palais.
Quoy! i'apperçois aussi nostre flateur à gage!

SCENE III.

PARMENON, GNATON conduisant Pamphile.

PARMENON.

Avance homme de bien!

GNATON.

Contemple ce visage.

PARMENON.

Le coquin parle en Prince, & n'est qu'vn gueux parfait.

GNATON.

Tu te penses moquer, ie suis Prince en effet.

PARMENON.

Des fous, cela s'entend.

GNATON.

Quoy des fous? il n'est sage
Qui sous moy ne deust faire vn an d'apprentissage.

PARMENON.

En quel art?

GNATON.

De goinffrer.

PARMENON.

Ie le trouue tres-beau,
Si tu peux y sçauoir quelque secret nouueau,
Il n'est point d'industrie à l'égal de la tienne.

GNATON.

Va, tu merites bien que ie t'en entretienne;
Seulement traittons-nous vn mois à tes despens.

PARMENON.

Volontiers; mais dy moy sans me mettre en suspens,
Quelle est cette beauté qu'en triomphe tu menes?

GNATON.

Celle qui va bien-tost t'espargner mille peines.
Ie te trouue honneste homme, & suis fort ton valet;
D'vn mois par mon moyen ny lettre, ny poulet,
Ny billet à donner, ny responſe à pretendre.

PARMENON.

Ie commence, Gnaton! d'auoir peine à t'entendre.

GNATON.

Ny nuits à faire guet auec tes yeux d'Argus.

PARMENON.

Tu me gesnes l'esprit par ces mots ambigus;
Veux-tu bien m'obliger?

GNATON.

Comment?

PARMENON.

De grace, acheue.

GNATON.

Auec toy pour vn mois les courses ont fait tréue.

PARMENON.

Ie le crois, mais encor, dy m'en quelque raison?

GNATON.

Thaïs par ce present sera toute à Thrason.

PARMENON.

Ie veux qu'il soit ainsi, quelle en sera la suite?

GNATON.

Pour vn homme subtil, & si plein de conduite,
Tu deurois penetrer & voir vn peu plus loin;
Ie veux encor vn coup te deliurer de soin:
Thrason voyant Thaïs, ceux dont elle est aymée,
Peuuent tous s'asseurer que sa porte est fermée;
Ton maistre comme vn autre, & tu n'entendras plus
Ny souhaits impuissans, ny regrets superflus,
Ny quel est ton auis, ny fay luy tel message.

PARMENON.

Ah! combien voit de loin l'homme prudent & sage!
I'auois peine à comprendre où tendoit ce propos,
Mais grace aux immortels i'auray quelque repos.

GNATON.

Dy graces à Gnaton.

PARMENON.

Et rien pour cette belle?

GNATON.

A propos que t'en semble?

PARMENON, voulant toucher Pamphile.

O Dieux! qu'elle est rebelle!
Du bout du doigt à peine on ose luy toucher.

GNATON.

Nul mortel que Thrason n'a droit d'en approcher.

PARMENON.

Pour vn si rare objet on peut tout entreprendre.

PAMPHILE.

Dieux! quelle patience il faut pour les entendre?
Gnaton conduy moy viste & ne te raille point.

PARMENON.

De grace escoute moy, ie n'ay plus qu'vn seul point.

GNATON.

Dy ce que tu voudras.

PARMENON.

Quel est son nom?

GNATON.

Pamphile.

PARMENON.

Point d'autre?

GNATON.

Que t'importe?

PARMENON.

Est-elle en cette ville
Depuis vn fort long temps?

GNATON.

Ton caquet m'estourdit.

PARMENON.

Sçauray-je son païs, son âge?

GNATON.

Eſt-ce tout dit?

PARMENON.

Tu te fais trop prier n'eſtant pas ſi beau qu'elle.

GNATON.

Te confondent les Dieux, & toute ta ſequele,
Ie te ſauue vn gibet, te ſouhaitant cecy.

PARMENON.

Ton bon vouloir merite vn ample grand-mercy,
Vn iour nous t'en rendrons quelque digne ſalaire.

GNATON.

Tu le peux ſans tarder, mais n'as tu point affaire?

PARMENON.

Pour toy, quand i'en aurois, ie voudrois tout quiter.

GNATON.

De ce pas à Thaïs vien donc me preſenter,
Sers moy d'Introducteur.

PARMEMON.

PARMENON.

Tu ris, mais il n'importe,
Entre seul, tu le peux,

GNATON.

Tien toy donc à la porte,
Et garde qu'on ne laisse entrer dans la maison
Quelque autre messager que celuy de Thrason;
Je t'en donne l'auis comme amy de ton maistre:
Et peut-estre qu'vn iour il sçaura reconnoistre
De quelque bon repas ce conseil important.

PARMENON.

Encor deux iours de vie, & ie mouray content.

GNATON.

Il te faut bien vn mois à la bonne mesure.

PARMENON.

Non, non, ie te rendray ces mots auec vsure,
Dans deux iours au plus tard.

GNATON.

Nous le verrons, adieu.

PARMENON.

Mon galand est party, qu'ay-je affaire en ce lieu ?
I'auois dessein de voir cette sœur pretenduë,
Et ie me trompe fort, ou c'est peine perduë
De s'en aller offrir apres vn tel present,
Nostre vieillard fletry, chagrin & mal-plaisant;
Mais il faut obeïr.

SCENE IV.

CHERE'E, PARMENON.

PARMENON.

O*V courez vous Cherée ?*

CHERE'E.

C'en est fait, Parmenon, ma perte est asseurée.

PARMENON.

Comment ?

CHERE'E.

L'as-tu point veuë en passant par ces lieux?

PARMENON.

Qui?

CHERE'E.

Certaine beauté qui s'offrant à mes yeux,
N'a rien fait que paroistre, & s'est euanoüie.

PARMENON.

Vous en auez la veuë encor toute ébloüie.

CHERE'E.

O Dieux! mais ou chercher? que le maudit procez
Puisse auoir quelque iour vn sinistre succez!

PARMENON.

Comment? quoy? quel procez?

CHERE'E.

Ah! si tu l'auois veuë!

PARMENON.

Et qui?

CHERE'E.

Cette beauté de mille attraits pourueuë.

PARMENON.

He bien?

CHERE'E.

Tu l'aymerois, & cét objet charmant
Ne peut ſouffrir qu'vn cœur luy reſiſte vn moment;
Ne me parle iamais de tes beautez communes,
Leurs careſſes me ſont à preſent importunes,
Rien que de celle-cy mon cœur ne s'entretient.

PARMENON.

Vrayment c'eſt à ce coup que le bon homme en tient;
L'vn de ſes fils aymoit, l'autre plein de furie
Paſſera les tranſports de ſon frere Phœdrie;
De l'humeur dont ie ſçay que le cadet eſt né,
Ce ne ſera que jeu dans deux iours de l'aiſné.

CHERE'E.

Auſſi ne ſçauroit-il auoir l'ame charmée
Des traits d'vne beauté plus digne d'eſtre aymée.

PARMENON.

Peut-eſtre.

CHERE'E.

En doutes-tu?

PARMENON.

C'est vn trop long discours,
Vous aymez?

CHERE'E.

A tel point que si d'vn prompt secours.

PARMENON.

Tout beau, demeurons-là, ne marchons pas si viste,
Où pretendez-vous donc ce soir aller au giste?

CHERE'E.

Helas! s'il se pouuoit chez l'aymable beauté.

PARMENON.

Certes, pour vn malade il n'est point dégouté.

CHERE'E.

Tu ris, & ie me meurs.

PARMENON.

Mais encor quel remede
Faudroit-il apporter au mal qui vous possede?

CHERE'E.

De ce mot de remede en vain tu m'entretiens,
Si par tes prompts efforts bien-toſt ie ne l'obtiens;
Tu m'as dit tant de fois: eſſayez mon adreſſe,
Voſtre âge le permet, aymez, faites maiſtreſſe;
I'ayme, i'en ay fait vne, acheue, & montre moy
Que mon cœur ſe pouuoit engager ſur ta foy.

PARMENON.

Ie l'ay dit en riant, & ſans croire voſtre ame,
Pour vn diſcours en l'air ſuſceptible de flame.

CHERE'E.

Qu'il ait eſté promis ou de bon, ou par jeu,
Si tes ſoins, Parmenon, ne me liurent dans peu
Cette meſme beauté qui captiue mon ame,
Ie ne vois que la mort pour terminer ma flame.

PARMENON.

Depeignez-la moy donc.

CHERE'E.

Elle eſt jeune, en bon point.

PARMENON.

Celuy qui la menoit?

CHERE'E.

Ie ne le connois point.

PARMENON.

Le nom d'elle?

CHERE'E.

Aussi peu.

PARMENON.

Son logis?

CHERE'E.

Tout de mesme.

PARMENON.

Vous ne sçauez donc rien?

CHERE'E.

Rien, sinon que ie l'ayme.

PARMENON.

Me voila bien instruit, quel chemin ont-ils pris?

CHERE'E.

Tandis qu'elle arrestoit mes sens & mes esprits,
Nostre hoste Archidemide auec son front seuere,
Est venu m'aborder, & m'a dit que mon pere
Ne faillist pas demain d'estre son défenseur,
Contre l'iniuste effort d'vn puissant agresseur :
Et comme les vieillards sont longs en toute chose,
D'vn recit ennuieux il m'a déduit sa cause,
Tant qu'apres nostre adieu ie n'ay plus apperceu
L'objet de ce desir qu'en passant i'ay conceu.

PARMENON.

C'est estre malheureux.

CHERE'E.

Autant qu'homme du monde.

PARMENON.

Vous l'auez bien maudit.

CHERE'E.

Que le Ciel le confonde ;
Depuis plus de deux ans nous ne nous estions veus.

PARMEMON.

PARMENON.

Il se rencontre ainsi des malheurs impreueus.
Celuy qui la menoit, est quelque homme de mine?

CHERE'E.

Rien moins, tu le croyrois vn pilier de cuisine,
Et luy seul sans mentir est aussi gras que deux.

PARMENON.

Son habit?

CHERE'E.

Fort vsé.

PARMENON.

Leur train?

CHERE'E.

Ie n'ay veu qu'eux.

PARMENON.

C'est-elle asseurément.

CHERE'E.

Qui?

PARMENON.

Rasseurez vostre ame;
Ie connois maintenant l'objet de vostre flame.

CHERE'E.

L'as-tu veuë?

PARMENON.

Elle-mesme.

CHERE'E.

Et tu sçais son logis?

PARMENON.

Ie le sçay.

CHERE'E.

Parmenon, dy-le moy?

PARMENON.

Chez Thaïs
Comme ils venoient d'entrer ie vous ay veu paraistre,
C'est vn don que luy fait le riual de mon maistre.

CHERE'E.

Il doit estre puissant.

PARMENON.

Plus en bruit qu'en effet.

CHERE'E.

Qu'il m'en fasse vn pareil, i'en seray satisfait.

PARMENON.

On vous croit sans jurer.

CHERE'E.

Mais qu'en pense Phœdrie?
Ie n'y vois point pour luy sujet de raillerie.

PARMENON.

Qui sçauroit son present, le pleindroit beaucoup plus.

CHERE'E.

Quel present?

PARMENON.

Vn vieillard impuissant & perclus,
Sans esprit, sans vigueur, sans barbe, sans perruque,
Vn spectre, vn songe, vn rien, pour tout dire vn Eunuque.

Dont encor il pretend contre toute raiſon
Pouuoir contrecarrer le preſent de Thraſon:
Si l'on nous laiſſe entrer ie veux perdre la vie.

CHERE'E.

S'il eſt auſſi receu, qu'il me donne d'enuie!

PARMENON.

Vous preſeruent les Dieux d'vn heur pareil au ſien,
Ce ſeroit pour Pamphile vn mauuais entretien.

CHERE'E.

Quoy, garder vne fille & ſi jeune, & ſi belle,
Coucher en meſme chambre, & manger aupres d'elle,
La voir à tout moment ſans crainte & ſans ſoupçon,
Tu ne voudrois pas eſtre heureux de la façon?

PARMENON.

Vous pouuez aiſément auoir cette fortune,
La ruſe eſt aſſeurée autant qu'elle eſt commune;
D'vn voyage lointain depuis peu reuenu
Sans doute chez Thaïs vous eſtes inconnu;
Il faut prendre l'habit que noſtre Eunuque porte,
Vous paſſerez pour luy deguiſé de la ſorte;
Voſtre menton ſans poil y doit beaucoup ayder.

CHERE'E.

Et l'on me donnera cette belle à garder?

PARMENON.

Et sans doute à garder vous aurez cette belle;
Mais apres?

CHERE'E.

Innocent! ie puis lors aupres d'elle
Boire, manger, dormir, luy parler en secret.

PARMENON.

Vsez en tout au moins comme vn homme discret.

CHERE'E.

Tu ris.

PARMENON.

Des vains projets où l'amour vous emporte;
Vous-vous croyez dedans auant qu'estre à la porte,
Et sans sçauoir encor quelle est cette beauté,
D'vn espoir amoureux vostre cœur est flaté:
Il faut auparauant s'acquerir vne entrée.

CHERE'E.

L'échange proposé me la rend asseurée.

PARMENON.

Oüy, s'il se pouuoit faire.

CHERE'E.

A d'autres, Parmenon!

PARMENON.

Quoy, vous auez donc creu que c'estoit tout de bon?

CHERE'E.

Tout de bon, ou par jeu, derechef il m'importe,
Et si ie ne l'obtiens, ou d'vne ou d'autre sorte,
Ie suis mort.

PARMENON.

Mais auant que de vous engager,
Pesez encor vn coup la grandeur du danger.

CHERE'E.

Trop de raisonnement peut nuire en telle affaire,
L'occasion se perd tandis qu'on delibere,
Vn autre la prendra, i'en auray du regret.

PARMENON.

Mais au moins pourez-vous me garder le secret?

CHERE'E.

Ne crain rien.

PARMENON.

Priez donc Amour qu'il fauoriſe
De quelque bon ſuccez cette haute entrepriſe.

CHERE'E.

Amour, ſi ſa beauté peut s'offrir à mes ſens;
Tu ne manqueras plus ny d'autels, ny d'encens.

ACTE III.

SCENE I.

THRASON.

IL faut dire le vray, i'en voulois à Pamphile,
Et bien que pour Thaïs vne amour plus facile
Estouffast celle-cy presqu'encor au berceau,
Sans mentir i'ay regret de perdre vn tel morceau.
Ie ne sçais quel remors tient mon ame occupée;
Mais encor estre ainsi de mes mains eschappée
C'est le comble du mal, & souffrir qu'vn enfant
Des lacs d'vn vieux routier se sauue en triomphant:
Me preseruent les Dieux d'vne beauté naissante;
Il n'est point de methode en amour si puissante,
Qui ne fust inutile à qui s'en picqueroit,
Souuent ces jeunes cœurs sont plus durs qu'on ne croit.

Pour

Pour gagner son amour ie ne sçais point de voye,
C'est vn fort à tenir aussi long-temps que Troye;
I'aurois sans me vanter depuis qu'elle est chez moy,
Reduit à la raison quatre filles de Roy.
I'eusse pû l'espouser, mais ie fuis la contrainte,
Le seul nom de l'Hymen me fait fremir de crainte:
Et ie ne voudrois pas que mon cœur fust touché
De l'espoir d'vn Royaume à Pamphile attaché.
Rien n'est tel à qui craint vne femme importune,
Que de viure en soldat, & chercher sa fortune.
On se pousse par tout, on risque sans souci,
Et qui n'y gagne rien, n'y peut rien perdre aussi:
Mais rarement Thrason se pleint-il d'vne Dame,
Iusqu'icy peu d'objets ont regné sur son ame,
Sans payer son amour d'vne ou d'autre façon:
Phœdrie en pouroit bien auoir quelque leçon;
Ie n'en pense pas plus, n'estant point d'humeur vaine;
Voyons si nostre Agent aura perdu sa peine,
Le voicy qui s'approche.

SCENE II.

THRASON, GNATON.

THRASON.

HE bien, qu'as-tu gagné?

GNATON.

Que de peine, Seigneur, vous m'auez espargné!
Ie vous allois chercher au port & dans la place.

THRASON.

Tu me rapportes donc des actions de grace?

GNATON.

Le faut-il demander? i'en suis tout en chaleur.

THRASON.

Enfin le don luy plaist?

GNATON.

Non tant pour la valeur
Que pour venir de vous, c'est là ce qui la touche,

Et ce qu'à tous momens elle a dedans la bouche,
Cõme vn des plus grands biens qu'elle ait iamais receus:
Vous ririez de l'ouyr triompher là dessus.

THRASON.

Ce qui vient de ma part cause ainsi de la ioye;
I'ay cent fois plus de gré d'vn bouquet que i'enuoye
Qu'vn autre n'en auroit de quelque don de prix,
Fust-ce mesme vn thresor.

GNATON.

Viuent les bons esprits:
Il n'est à bien parler que maniere à tout faire;
D'vn trauail de dix ans ce que le sot espere,
L'honneste homme d'vn mot le luy viendra rauir.

THRASON.

Aussi le Roy m'employe, & i'ay sceu le seruir
A la guerre, en amour, aupres de ses Maistresses,
Quoy que i'eusse souuent ma part de leurs caresses.

GNATON.

Mais s'il l'apprend aussi?

THRASON.

Gnaton, soyez discret,

Ie ne découure pas à tous vn tel ſecret.

GNATON.

C'eſt fait en homme ſage.

GNATON. tout bas, ſe tournant.

Il l'a dit à cent autres.

GNATON.

Le Roy n'agréoit donc autres ſoins que les voſtres?

THRASON.

Que les miens, & par fois ſe trouuant dégouſté
Du tracas importun qui ſuit la Royauté,
Comme s'il euſt voulu: tu comprens ma pensée?

GNATON.

Prendre vn peu de bon temps, toute affaire laiſſée.

THRASON.

Cela meſme, auſſi-toſt il m'enuoyoit querir:
Seuls, ainſi nous paſſions les iours à diſcourir
De cent contes plaiſans que ie luy ſçauois faire:
Et s'il ſe preſentoit quelque importante affaire,
Apres auoir le tout entre-nous diſposé,
Son conſeil n'en auoit qu'vn reſte déguisé;
Et ſouuent malgré tous, ma voix eſtoit ſuiuie.

GNATON.

Lors chacun d'enrager, mourir, creuer d'enuie?

THRASON.

Et Thrason de s'en rire.

GNATON.

A l'oreille du Roy?

THRASON.

Qui peut te l'auoir dit?

GNATON.

C'est qu'ainsi ie le croy.

THRASON.

Sur ce propos, vn iour qu'il remarquoit leur peine,
Le Chef des Elephans appellé Metasthene
Des plus considerez prés du Prince à present,
Ne se put reuancher d'vn trait assez plaisant;
Il mâchoit de dépit quelque mot dans sa bouche,
Et me tournant les yeux: Qui vous rend si farouche?
Sont-ce les bestes (dis-je) à qui vous commandez?

GNATON.

Et le Roy, qu'en dît-il?

THRASON.

Nous estans regardez,
Il ne pût à la fin s'empécher de sourire;
Ie dis, sans vanité, peu de mots qu'il n'admire.

GNATON.

Comme vous en parlez, c'est vn Prince poly.

THRASON.

Peu d'hommes ont de vray l'esprit außi ioly;
Sur tout il s'entend bien à placer son estime.

GNATON.

Celle qu'il fait de vous, me semble legitime.

THRASON.

T'ay-je dit vn bon mot, qu'en vn bal inuité?

GNATON.

Non.

GNATON. bas, se tournant.

Plus de mille fois il me l'a raconté.

THRASON.

Nous estions regalez du Satrape Orosmede,
Chacun auoit sa Nymphe: alors vn Ganimede
Approchant de la mienne, aussi-tost ie luy dis
Que les restes de Mars seroient pour Adonis.

GNATON.

Le jeune homme rougît?

THRASON.

Belle demande à faire!
Il rougît, & d'abord fut contraint de se taire:
Depuis chacun m'a craint.

GNATON.

Auec iuste raison:
N'ont-ils point vn recueil des bons mots de Thrason?

THRASON.

Ie t'en conterois cent, mais changeons de matiere:
Thaïs, comme tu sçais, est femme assez altiere,
Ialouse, & d'vn esprit à tout craindre de moy;
Dois-je en quittant sa sœur, luy confirmer ma foy?

GNATON.

Rien moins, il vaut bien mieux la tenir en ceruelle,
Ayez tousiours en main quelque amitié nouuelle;
De ce secret d'amour, l'effet n'est pas petit,
C'est par là qu'on maintient les cœurs en appetit,
Et qu'on accroist l'amour au lieu de le destruire;
Mais ie fais des leçons à qui deuroit m'instruire.

THRASON.

Comment vn tel secret a-t'il pu m'échapper?

GNATON.

Des soins plus importans pouuoient vous occuper;
Vous réviez, ie m'asseure, à quelque haut fait d'armes.

THRASON.

Il est vray que la Guerre a pour moy de tels charmes,
Qu'ils me font oublier tous les autres plaisirs.

GNATON.

Mais l'amour trouue aussi sa part dans vos desirs?

THRASON.

Entre Mars & Venus mon cœur se sent suspendre,

Est

Est recherché des deux, ne sçait auquel entendre:
Laissons-là leur debat; quel traitté m'as-tu fait?

GNATON.

Tel qu'vn plus amoureux en seroit satisfait;
Thaïs se veut purger de tous sujets de plainte;
Deux iours par mon moyen sans riual & sans crainte
Vous luy rendrez visite en dépit des Ialoux:

THRASON.

Ie t'ayme.

GNATON.

Et du disner sur moy reposez-vous;
Ie l'ay fait en passant apprester chez vostre hoste.

THRASON.

De faim, iamais Gnaton ne mourra par sa faute.

GNATON.

Qu'y faire? il faut bien viure icy comme autre part.

THRASON.

Retourne chez Thaïs, & dy luy qu'il est tard.

SCENE III.

THAIS, THRASON, GNATON.

THAIS.

IL n'en est pas besoin, ie viens sans qu'on m'appelle.

THRASON.

Sçais-je faire vn present?

THAIS.

Certes la chose est belle;
Mais ie n'estime au don que le lieu dont il vient.

GNATON.

Nostre dîner est prest, s'il ne vous en souuient.

THRASON à THAIS.

Plus rare & d'autre prix ie vous l'aurois donnée.

GNATON.

Tousiours en complimens il se passe vne année;

Le dîner nous attend, hâtons-nous, c'est assez.

THAIS.

Nous ne sommes, Gnaton, pas encor si pressez,
Il me faut du logis donner charge à Pythie.

GNATON.

Tout ira comme il faut, i'en responds sur ma vie.

THAIS.

Sans auoir pris ce soin, ie n'ose m'engager.

GNATON.

Puissent mes ennemis de femmes se charger,
Elles n'ont iamais fait, tousiours nouuelle excuse.

THAIS.

De vains retardemens à tort on nous accuse,
Vostre sexe se laisse encor moins gouuerner.

GNATON.

Ne tient-il point à moy que nous n'allions dîner?

THAIS.

Ne plaise aux Dieux, Gnaton, qu'on ait telle pensée.

GNATON.

Ie ne vous en vois point pour cela plus pressée.

THAIS.

Allons, si tu le veux.

SCENE IV.

THAIS, GNATON, PARMENON.

PARMENON.

Vn mot auparauant.

GNATON.

Nous voicy grace aux Dieux aussi prests que deuant,
Ie dîneray demain s'il plaist à la fortune;
Fay vîte Parmenon ta harangue importune.

PARMENON.

Mon Maistre par vostre ordre absent de ce sejour
Auecque ce present vous offre le bon iour;
Ie ne veux point passer la loy qui m'est prescrite,

Ny parler de ses pleurs, quand il faut qu'il vous quitte,
De vous-mesme à son mal vous pouuez compatir,
Et le croire affligé sans l'auoir veu partir;
Faisant vn don plus riche, il eust eu plus de ioye,
Mais au moins de bon cœur croyez qu'il vous l'enuoye.

THRASON.

Le present peut passer.

THAIS.

Il me charme en effet,
Ie ne l'aurois pas crû si beau, ny si bien fait.

PARMENON.

On l'appelle Doris, & quant à son adresse,
En tout ce que l'on doit apprendre à la jeunesse,
On l'a dés son ieune âge instruit & façonné;
A quoy que de tout temps il se soit adonné,
Soit aux arts liberaux, soit aux ieux d'exercice,
A sauter, à luiter, à courir dans la lice,
Il a tousiours passé pour vn des plus adroits;
Enfin permettez-luy de parler quelquefois,
Vous l'entendrez bien-tost en conter des plus belles,
Il vous entretiendra de cent choses nouuelles.
Mon Maistre cependant n'exige rien de vous;
Vous ne le trouuerez importun, ny ialoux.

Il ne vous contera ny bons mots, ny faits d'armes;
Et vous pourrez, Thaïs, disposer de vos charmes,
Sans craindre qu'il s'offence, & vous tienne en soucy,
Comme vn de vos amans qui n'est pas loin d'icy:
Faites entrer chez vous Soldats & Parasites;
Pourueu qu'il puisse rendre à son tour ses visites,
(I'entens quand vous serez d'humeur, ou de loisir)
Il se tiendra content par de là son desir.

THRASON.

Si ton Maistre auoit dit ce que tu viens de dire.

PARMENON.

Comme i'en suis l'autheur, vous n'en faites que rire?

THRASON.

Dois-je contre vn valet employer mon courroux?
Que t'en semble Gnaton?

GNATON.

Seigneur, épargnez-vous.

THRASON.

Ie te croiray. Thaïs, ce parleur m'incommode.

GNATON.

De vray les complimens ne sont plus à la mode;
Allons.

THAIS.

Quand on voudra.

THRASON.

Qu'vn long discours déplaist!

GNATON.

Sur tout, à mon auis, quand le dîner est prest.

THAIS.

Du zele & du present ie luy suis obligée.

PARMENON.

Le don ne vous tient pas vers mon maistre engagée;
S'il doit estre payé, c'est du zele sans plus.

GNATON.

Remettons à tantost ces discours superflus;
Il n'est pas maintenant saison de repartie.

THAIS.

Tu me permettras bien d'ordonner à Pythie

Que le ſoin de Pamphile à Doris ſoit commis.

GNATON.

Faites que Gnaton dîne, & tout vous eſt permis.

SCENE V.

THRASON, GNATON, PARMENON.

PARMENON.

Pour vn Entremetteur on te fait trop attendre;
Ce n'eſt point là le gré que tu pouuois pretendre,
Et ſi i'auois receu tel preſent par Gnaton,
Il ſe verroit à table aßis iuſqu'au menton.
On ne deuroit icy rendre aucune viſite,
Sans auoir vn billet ſigné du Paraſite;
Il luy faut cependant mettre tout ſon eſpoir
A courir tout le iour pour déjeuner au ſoir.
Pour moy ie ne crois pas qu'autre choſe il attrape,
Si ce n'eſt que ſon Roy le faſſe vn iour Satrape;
Ou que las de courir & battre le paué,
Plus haut que ſon merite il ſe trouue éleué.

Que

Que dis-tu de ces mots? ay-je sceu te le rendre?

THRASON.

Le coquin veut railler, Gnaton va nous attendre,
Ie vais prendre Thaïs.

GNATON.

Laissez-moy cét employ;
Vn Chef doit autrement tenir son quant-à-moy.

THRASON.

Adieu donc, Parmenon, tu diras à Phœdrie
Que Thaïs pour vn temps trouue bon qu'il l'oublie,
Que pour l'entretenir deux iours me sont assez.

PARMENON.

Ne vous en vantez point, auant qu'ils soient passez.

SCENE VI.

PARMENON demeure seul.

CEcy pour nostre Eunuque assez bien se prepare,
Pendant qu'ils dîneront, il faut qu'il se declare,

Prenne l'occasion, & ne perde vn moment
A pousser des soûpirs, & languir vainement:
Non que parlant d'amour, il rencontre œuure faite,
Alors qu'on en vient-là, toutes ont leur deffaite.
Tel souuent en a peu qui croit en auoir tout,
Et mesme va bien loin sans aller iusqu'au bout;
Que Pamphile d'ailleurs volontiers ne l'écoute,
Toute sage qu'elle est, ie n'en fais point de doute;
C'est le propre du sexe, il veut estre flatté,
Et se plaist aux effets que produit sa beauté:
Puis nostre homme a dequoy charmer la plus seuere;
Il est ieune, il est beau, tousiours prest à tout faire;
En dit plus qu'on ne veut, sçait bien le debiter,
Est d'humeur liberale, & donne sans compter.
Si par ces qualitez d'abord il ne la touche,
Le temps qui peut gagner l'esprit le plus farouche,
Ne luy permettra pas d'y faire vn long effort,
Et ce peu de loisir m'embarasse tres-fort:
Ie crains nostre vieillard qu'on attend d'heure en heure,
Il n'a iamais aux champs fait si longue demeure;
Quelque charme puissant l'y retient arresté,
S'il reuient vne fois, le mystere est gasté:
O Dieux! c'est fait de nous, le voicy qui s'auance;
Ie ne sçais quel frisson m'annonçoit sa presence:
Parmenon, cependant que tout seul il discourt,
Va te precipiter, ce sera ton plus court:

Qui pourroit toutesfois choisir vne autre voye;
Le Vieillard est plus doux qu'il ne veut qu'on le croye:
L'amour pour ses enfans qu'il laisse à l'abandon,
Fait qu'il me reste encor quelque espoir de pardon,
Vsons à cét abord d'vn peu de complaisance.

SCENE VII.

DAMIS, PARMENON.

PARMENON.

IE me plaignois, Monsieur, de vostre longue absence.

DAMIS.

En ma maison des champs ie trouue vn goust exquis,
Et ne fis iamais mieux qu'alors que ie l'acquis.

PARMENON.

Sophrone, & vos enfans sont d'auis tout contraire.

DAMIS.

Les voir changer d'humeur n'est pas ce que i'espere,
Bien loin de se reduire au champestre sejour,

Ma femme ayme à causer, mon aisné fait l'amour.

PARMENON.

Cette façon d'agir plairoit à peu de Peres;
Quand il s'agit d'amour presque tous sont seueres;
A cét aage impuissant lors qu'ils sont arriuez,
Ils donnent des conseils qu'ils n'ont point obseruez.

DAMIS.

Quant à moy ie me rends plus iuste & plus commode;
Non qu'il faille en tout point que l'on viue à sa mode,
Mais aymer quelque peu ne fut iamais blâmé,
Et moy-mesme autresfois ie m'en suis escrimé.
Il est vray que le gain n'en vaut pas la dépense,
Aux vns il faut presens, aux autres recompense,
Corrompre les valets, & les entretenir;
Mais les Dieux m'ont tousiours donné pour y fournir.
Si ie fais peu d'acquests, que mes fils s'en accusent,
C'est eux, & non pas moy, qu'apres tout ils abusent:
Ayant connu d'abord mon esprit indulgent,
L'aisné va, ce me semble, vn peu viste à l'argent:
Des beautez de Thaïs son ame est fort touchée,
Et bien qu'il m'ait tenu cette flamme cachée,
I'en sçais plus qu'il ne croit; & le souffre aisément,
Thaïs vaut qu'on l'estime, à parler franchement:
Peu voudront toutefois qu'elle entre en leur famille;

Vefue, on l'a doit priser vn peu moins qu'vne fille,
Nostre ville est feconde en partis bien meilleurs,
Et mon fils, apres tout, doit s'adresser ailleurs:
Pour vn choix plus sortable il faut qu'il se dispose,
Ie t'en veux, Parmenon, proposer quelque chose;
Mais où sont mes enfans? ie les voudrois bien voir.

PARMENON.

Vostre aisné par mal-heur est absent d'hyer au soir.

DAMIS.

D'où pourroit prouenir vn si soudain voyage?
N'est-il point arriué quelque noise en ménage?

PARMENON.

Ie ne sçay.

DAMIS.

Plust aux Dieux que quelque changement
Luy fist prendre bien-tost vn autre sentiment:
Mais comme sans leur ayde il ne se peut rien faire,
Allons leur de ce pas recommander l'affaire.

ACTE IV.

SCENE I.

CHERE'E déguisé en Eunuque. PAMPHILE.

CHERE'E.

C'Est trop réver, Pamphile, & mon zele indiscret
Ne sçauroit plus souffrir cét entretien secret;
Dans quelques doux pensers qu'vne ame soit plongée,
Souuent elle a besoin d'en estre dégagée,
Et lors qu'on l'abandonne à ce triste plaisir,
Elle songe à ses maux auec plus de loisir;
Souffrez donc---

PAMPHILE.

C'est assez, & ta bonté m'oblige;

Quoy que le noir chagrin qui ſans ceſſe m'afflige,
Empeſche mon eſprit d'en pouuoir profiter.

CHERE'E.

Et qu'auriez-vous, Pamphile, à vous tant attriſter,
Vous eſtes ieune & belle, & (ſi ie l'oſe dire)
Ce ſont les ſeuls treſors où toute femme aſpire.

PAMPHILE.

Ie ſuis ieune, il eſt vray; pour belle, on me le dit,
Ce diſcours prés du ſexe eſt touſiours en credit;
Mais quand de pareils dons le Ciel m'auroit comblée,
A peine en verrois-tu mon ame moins troublée,
L'objet de mes mal-heurs me touche beaucoup plus,
Les Dieux nous vendent cher tous ces biens ſuperflus,
Souuent par mille maux nous en payons l'vſure.

CHERE'E.

C'eſt que l'eſprit humain en prend mal la meſure;
Injuſte en ſon eſtime autant qu'en ſes deſirs,
Il conte les douleurs, ſans conter les plaiſirs.

PAMPHILE.

Ne me crois pas, Doris, d'vne ame ſi legere,
Sans amis, ſans parens, & par tout eſtrangere,

I'ay ſujet de réver, & tu n'en verras point
Que le ſort obſtiné perſecute à tel point.

CHERE'E.

Chacun penſe le meſme, & moy comme tout autre,
Le mal d'autruy n'eſt rien quãd nous parlons du noſtre;
Vous vous croyez en bute aux plus ſenſibles coups,
Ie ſçais tel qui pourroit en dire autant que vous;
Celuy dont ie vous parle, eſt vn autre moy-meſme,
Il me reſſemble aſſez, & ſouffre vn mal extréme
Pour certaine beauté qui vous reſſemble auſſi,
Et qui fuit comme vous l'amour & ſon ſoucy.

PAMPHILE.

Si i'eſtois cét amy, i'affranchirois mon ame
Des injuſtes liens de l'objet qui l'enflamme.

CHERE'E.

Si vous eſtiez l'objet des vœux qu'il a conceus?

PAMPHILE.

Peut-eſtre qu'à la fin ſes vœux ſeroient receus.

CHERE'E.

Qui vous diroit cecy pour preparer voſtre ame?

Tout

Tout de bon, ſi quelqu'vn vous découuroit ſa flâme,
N'eſtant rien icy bas qui ne puiſſe arriuer,
(I'entens à quelque fin que l'on doiue approuuer)
Agrériez-vous ſon offre? & voſtre ame touchée
Prendroit-elle plaiſir à s'en voir recherchée?

PAMPHILE.

Selon ce qu'il auroit d'aymable & de parfait.

CHERE'E.

Ie le ſuppoſe riche, honneſte, aſſez bien fait,
D'age au voſtre ſortable, enfin tel à tout prendre,
Qu'aux partis les plus hauts il ait droit de pretendre.

PAMPHILE.

I'ayme ces qualitez dont il ſeroit pourueu,
Mais pour en bien parler, il faudroit l'auoir veu.

CHERE'E.

Vous le voyez, Pamphile, & vous allez cognoiſtre
Vn feu qui ne peut plus s'empeſcher de paroiſtre;
Par vn excez d'amour ſous cét habit trompeur
Ie me ſuis pour eſclaue offert à voſtre ſœur;
Né libre cependant, on m'appelle Cherée,
La nobleſſe des miens ne peut eſtre ignorée;

Peu de partis icy voudroient me refuser,
Mon Zele est toutesfois plus que tout à priser;
Ne le dédaignez point; Quoy? vous fuyez, Pamphile.

PAMPHILE.

Insolent, quitte-moy, ta fourbe est inutile:
Pythie.

CHERE'E.

Auparauant encor vn mot ou deux.

PAMPHILE.

Qui t'a fait entreprendre vn coup si hazardeux?
En vain tu fais seruir ces honneurs à ta flâme;
L'espoir d'y prendre part, n'aueugle point mon ame:
Le Ciel m'a fait esclaue, il est vray, mais crois-tu
Que cette qualité repugne à la vertu?

CHERE'E.

Qui le croiroit, Pamphile, apres vous auoir veuë?
Les seueres appas dont vous estes pourueuë
Desesperent les cœurs qu'ils viennent d'enflammer;
Mais sous le nom d'hymen s'il est permis d'aymer,
Loing de vostre païs, esclaue, & delaissée,
Ou pourriez-vous icy porter vostre pensée?

Par là ie n'entens point mépriser vos appas,
Le merite en est grand; mais l'heur n'y répond pas;
Tant que l'effort des ans en détruise l'empire,
Assez d'amans viendront vous conter leur martyre:
Assez d'amans aussi d'vn discours mensonger
Vous offriront vn cœur tousiours prest à changer;
Deuant que vous soyez à leurs vœux exposée,
Preuenez le dépit de vous voir abusée;
Faites vn choix plus seur, il vous est important.

PAMPHILE.

Peut-estre dans ta foy n'es-tu pas plus constant.

CHERÉE.

Pamphile! croyez-en ces soupirs & ces larmes.

PAMPHILE.

Ah! cesse d'employer le secours de leurs charmes;
Oste-moy ta presence, engage ailleurs ta foy,
Veux-tu rendre mon cœur plus esclaue que moy?
Va, ne replique point, estouffe ton enuie,
Crain d'attacher tes iours aux malheurs de ma vie,
Va-t'en, laisse-moy seule, & me plaindre & souffrir.

CHERÉE.

Vn sort plus fauorable en vos mains vient s'offrir,

PAMPHILE.

Ce n'est point l'interest qui me rendra facile ;
Et si ie cede, helas ! acheue pour Pamphile :
Que sert de m'expliquer ? tu lis dedans mon sein.

CHERE'E.

Et que rencontrez-vous d'injuste en ce dessein ?

PAMPHILE.

Ie ne sçais, ie crains tout, ie suis irresoluë,
Va briguer quelque voix sur mon cœur absoluë.

CHERE'E.

Que ie tienne de vous l'espoir d'vn si grand bien.

PAMPHILE.

Sans l'aueu de Thaïs ie ne te promets rien,
Elle a sur mes desirs vne entiere puissance :
Ce que i'aurois aux miens rendu d'obeïssance,
Ie le dois à ses soins, par qui i'espere en fin
Retrouuer mes parens, & changer de destin.

CHERE'E.

Pamphile songez-y, la chose est importante ;

Et puis qu'en vos mal-heurs vn moyen se presente,
Ne le rejettez pas, il est en vostre main.

PAMPHILE.

Qui me peut garantir ce discours incertain?

CHERE'E.

Moy-mesme.

PAMPHILE.

Vn tel garant n'asseure point mon ame;
Quand vous voulez monstrer l'effet de vostre flame,
Vn parent, vn tuteur, vn amy bien souuent
Font que de tels projets il ne sort que du vent;
Quelquefois pour changer, ils vous seruent d'excuse.

CHERE'E.

Contre ces lâchetez dont chacun nous accuse,
Ie n'oppose qu'vn mot, dans trois iours au plus tard
Si l'effet ne s'en voit, ou d'vne, ou d'autre part,
Vous pourrez m'accuser de parjure & de feinte;
Mais aussi iusques-là suspendez vostre crainte,
Et faites de mes vœux vn meilleur iugement.

PAMPHILE.

Le terme n'est pas long, i'y consens aisément.

Mais ie vous interdis cependant ma presence,
Comme vn iuste moyen d'expier vostre offence.

CHERE'E.

L'arrest est rigoureux, le crime estant leger;
I'obeïray pourtant; mais pour m'encourager
Adoucissez la peine à ma ruse imposée,
Cette faueur m'importe, & vous est fort aisée.

PAMPHILE.

Que me demandez-vous?

CHERE'E.

Pour m'éleuer aux Cieux
Il ne faut qu'vn aueu de la bouche ou des yeux.

PAMPHILE.

Et bien ie vous l'accorde, est-ce assez vous complaire?

CHERE'E.

Ie partiray content apres vn tel salaire;
Cependant ioindrez-vous vos vœux à mon transport?

PAMPHILE.

Qu'il ne tienne à cela que tout n'aille à bon port.

CHERE'E baisant la main de Pamphile.

Que ie iure en vos mains vne amour eternelle.

PAMPHILE.

Ie trouue du serment la mode vn peu nouuelle.

CHERE'E.

Ne blâmez point l'excez où mon zele est tombé.

PAMPHILE.

Il luy faut bien donner ce qu'il m'a dérobé.

CHERE'E.

Ah Dieux! quelles douceurs où mon ame se noye!
Soulagé du tourment, ie me meurs de la ioye,
Au prix de vos baisers tout me semble commun:
Pamphile seulement, encor la moitié d'vn.

PAMPHILE.

Vous en pourriez mourir, & i'ayme vostre vie.

CHERE'E.

L'hymen sçaura bien-tost en combler mon enuie;
Pour vn que vous m'auez aujourd'huy retenu.

PAMPHILE.

Aussi n'en meurt-on plus quand ce temps est venu.

CHERE'E.

Si iamais enuers vous ie change de pensée,
Me punissent les Dieux d'vne mort auancée.

PAMPHILE.

Vous promettez beaucoup.

CHERE'E.

Ie feray beaucoup plus;
Sans employer le temps en discours superflus,
Ie m'en vais de ce pas en parler à mon pere:
Dés demain vous sçaurez ce qu'il faut que i'espere;
Et quand par vne humeur seuere ou d'interest,
Il auroit contre nous prononcé quelque arrest,
Nous pourrions passer outre, & fléchir son courage:
Il sera fort aisé de calmer cét orage.

PAMPHILE.

Thaïs, si vous sortés, aura soupçon de moy.

CHERE'E.

Ie reuiendray bien-tost vous confirmer ma foy.

SCENE

SCENE II.

PAMPHILE.

IE ne puis trop priser son ardeur genereuse,
Loing des miens, aprés tout, la rencontre est heureuse;
Ie dis loing, quoy qu'icy l'on m'ait donné le iour,
Et que tous mes parens y fissent leur sejour.
O Dieux! si mon soupçon se trouuoit veritable!
Si i'estois pour Cherée vn party plus sortable!
Et qu'à cette beauté, dont il me semble espris,
L'éclat de la naissance adjoustast quelque prix,
Seroit-il vne fille au monde plus heureuse?
Peu s'en faut que desia ie n'en sois amoureuse:
I'entens du bruit, sortons, on peut nous écouter.

SCENE III.

THAIS. PYTHIE.

PYTHIE.

AH! que i'ay de ſecrets, Madame, à vous conter!
Mais ne le dites pas, vous me feriez querelle:
Ma foy le compagnon nous l'a ſceu donner belle.

THAIS.

Qui?

PYTHIE.

Faut-il demander? ce beau preſent de foin;
Fuſt-il en Ethopie, ou bien encor plus loin.

THAIS.

Tu viens de proferer vne eſtrange parole.

PYTHIE.

Chacun n'a pas eſté comme vous à l'eſcole,
Ie m'entens.

THAIS.

C'est assez.

PYTHIE.

Cecy nous doit rauir ;
Vous n'auiez qu'à moitié des gens pour la seruir,
Il falloit vn Eunuque, & le bon de l'affaire
Est que l'on n'a pas dit tout ce qu'il sçauoit faire.

THAIS.

Que peut-il auoir fait ?

PYTHIE.

Me le demandez-vous ?

THAIS.

Tu fais bien l'innocente en te mocquant de nous.

PYTHIE.

Ie n'en sçais rien au vray, toutesfois ie m'en doute.

THAIS.

Ce sont là des discours si clairs qu'on n'y voit goute.

PYTHIE.

Voſtre ſœur a tantoſt (pour ne rien déguiſer)
Laiſſé prendre à Doris ſur ſa main vn baiſer;
Sçauez-vous quel baiſer?

THAIS.

Fort froid ie m'imagine.

PYTHIE.

En bonne foy i'ay creu qu'il y prendroit racine:
Ce n'eſtoit point ſemblant, car meſme il a ſonné;
Si par mon ſeruiteur vn tel m'eſtoit donné,
Ie n'en fais point la fine, il me rendroit honteuſe,
Enfin de ce baiſer la ſuitte eſt fort douteuſe.

THAIS.

Tu t'alarmes en vain, c'eſt marque de reſpect;
Puis cela vient d'vn lieu qui ne m'eſt point ſuſpect;
Les baiſers de Doris ſont baiſers ſans malice,
Il en faudroit beaucoup pour guerir la iauniſſe.

PYTHIE.

Pas tant que vous croyez, ou ie n'y connois rien.
Ah! que n'ay-ie entendu leur premier entretien!

Mais au cry de Pamphile estant viste accouruë ;
Comme en quelques endroits la porte estoit fenduë,
Il m'est venu d'abord vn desir curieux
D'approcher d'vne fente & l'oreille, & les yeux ;
Ils ont dit quelques mots d'amour, de mariage :
Que vostre sœur ne peut pretendre dauantage ;
Que Doris est pour elle vn assez bon party,
Tant qu'enfin au baiser le tout est abouty.

THAIS.

Ton recit est confus, i'ay peine à le comprendre.

PYTHIE.

Aussi ne pouuoit-on qu'à moitié les entendre.
Voila ce que i'en sçais, fondez vostre soupçon ;
Doris n'est point esclaue au moins à sa façon ;
Ie ne sçais quoy de grand paroist sur son visage,
Tels valets ne sont point sans doute à nostre vsage :
A force d'y réver mon esprit s'est vsé ;
Madame si c'estoit quelque amant déguisé !
Telle fourbe en amour souuent s'est publiée.

THAIS.

Ma sœur se seroit-elle à ce point oubliée ?
I'ay crû sur sa vertu me pouuoir asseurer.

PYTHIE.

En ce monde il ne faut iamais de rien iurer;
Les prudes bien souuent nous trompent au langage.

THAIS.

Qu'est deuenu Doris?

PYTHIE.

Il a troussé bagage.

THAIS.

Il falloit tout au moins l'empescher de sortir.

PYTHIE.

I'estois hors de mon sens, pour ne vous point mentir.

THAIS.

Au retour de Phœdrie on en sçaura l'histoire.

PYTHIE.

C'est ce que i'oubliois, tant i'ay bonne memoire:
A peine vous sortiez qu'il m'est venu trouuer.

THAIS.

Ie le croyois aux champs.

PYTHIE.

Il en vient d'arriuer.
De long-temps (m'a-t'il dit) ie connois ton adresse,
Tu sçais la passion que i'ay pour ta Maistresse,
De m'en priuer deux iours hier au soir ie promis,
Et creus qu'allant trouuer aux champs quelques amis,
Ils pourroient de ce temps adoucir l'amertume;
Mais à nul autre objet mon œil ne s'accoustume,
De nul autre entretien mon esprit n'est charmé,
Ie pourrois viure vn siecle auec elle enfermé;
Viure sans elle vn iour m'est vn trop grand supplice,
Et ie ne suis pas seur que cecy s'accomplisse
Sans que vous y perdiez la fleur de vos amis;
Si de ce long exil vn iour ne m'est remis,
Ie ne donnerois pas vn denier de ma vie:
Pour le souffrir, ie croy que tu m'es trop amie,
Fay valoir cét ennuy qui cause mon retour;
Dy que Thrason pour elle a beaucoup moins d'amour,
Qu'il prescrit trop de loix, & se rend incommode,
Ie t'abrege cecy pour l'estendre à ta mode.
Voilà ce qu'il m'a dit, & tiens qu'il a raison;
Plustost que de me voir caresser par Thrason,
I'aymerois cent fois mieux que l'autre m'eust battuë,
Le Soldat est trop vain, sa presence me tuë,
Il n'a qu'vne chanson dont il nous estourdit,

Et hors de ses exploits, c'est vn homme interdit;
Puis, qu'on soit toute à luy, ma foy l'on s'y dispose.

THAIS.

Que veux-tu? iusqu'icy ma sœur en est la cause.

PYTHIE.

Ne dissimulez plus, vous auez vostre sœur;
Mais deurois-je parler auecque tant d'ardeur
Pour ce donneur d'Eunuque à la mode nouuelle?

THAIS.

Peut-estre en le donnant l'a-t'il creu plus fidelle.

PYTHIE.

Enuoyez-le querir, vous l'entendrez parler.

THAIS.

Comment, s'il vient icy, le pourra-t'on celer?

PYTHIE.

Quand Thrason le sçaura, vous auez vostre conte.

THAIS.

Ie ne sçaurois tromper sans scrupule & sans honte:

Qu'on

Qu'on cherche toutesfois Phœdrie & son present.

PYTHIE.

Vos gens les trouueront au logis à present;
Doria aura bien-tost trauersé cette ruë.

SCENE IV.

THAIS.

A L'entendre parler, elle en doit estre cruë;
Qu'vn esclaue pourtant se soit fait écouter,
A moins que l'auoir veu, i'ay sujet d'en douter;
Ma sœur fit tousiours cas d'vne vertu seuere;
Cecy n'est point, d'ailleurs, arriué sans mystere,
Phœdrie ou Parmenon m'ont ioüé quelque tour;
Mais quoy, la tromperie est permise en amour:
Ie ne dois seulement accuser que Pamphile:
Aux desirs d'vn amant se rendre si facile,
Ny graces ny faueurs ne sçauoir ménager,
Ce n'est pas le moyen de pouuoir l'engager;
Trop d'espoir à l'abord en étouffe le Zelle:
Ah! que si i'eusse esté fille encore comme elle!

BIBLIOTHEQUE IMPE

Mais ne nous plaignõs point, & laissons tous ces vœux.
Ne pouuoir disposer d'vn seul de ses cheueux,
D'vn seul de ses desirs, d'vn moment de sa vie,
N'est pas vne fortune à donner de l'enuie.
Les maris sont ialoux, ou bien sans amitié:
Tel qui ne nous voyoit (disoit-il) qu'à moitié,
Quand il est possesseur, cherche ailleurs sa fortune,
Vne femme en deux iours leur deuient importune;
Il faut sans murmurer, souffrir leur peu de foy,
Et c'est là le plus dur de cette injuste loy:
Ce n'est qu'auec regret qu'en perdant ma franchise
Pour la seconde fois on m'y verra soumise.
Et ie crains que ma sœur n'en dise autant aussi,
La pourueoir d'vn espoux est mon plus grand soucy.
Ce qui conuient à l'vne, est à l'autre incommode,
Et si c'est mon talent que de viure à ma mode,
Dans vn autre dessein ie dois l'entretenir.

SCENE V.

PHOEDRIE, THAIS, PYTHIE, DORVS, veritable Eunuque. DORIE.

PYTHIE.

Dorie est de retour, vos gens s'en vont venir;
Les voicy, mais quel hōme accompagne Phœdrie?
Est-ce pour se mocquer, ou pour nous faire enuie?
O l'agreable objet & digne d'estre veu!

PHOEDRIE.

Mon retour en ces lieux est peut-estre impreueu,
Vous ne m'attendiez pas apres tant d'asseurances.

THAIS.

Tousiours de la façon trompez nos esperances,
La surprise nous plaist, pourueu que le Soldat
Laisse passer le tout sans bruit, & sans éclat.

PHOEDRIE.

Nous sçaurons l'adoucir, quoy qu'il tranche du braue.

THAIS.

Vous a-t'on pas prié d'amener cét esclaue
Que pour seruir ma sœur vous auiez achepté,
Et que vostre valet m'a tantost presenté?

PHOEDRIE.

Le voilà.

THAIS.

Quoy cét homme à la peau si flestrie?
Parlez-vous tout de bon, ou si c'est raillerie?

PYTHIE.

Qui n'auroit point eu d'yeux, seroit bien attrapé.

PHOEDRIE.

Je n'en sçache point d'autre, ou les miens m'ont trompé.
Mais pourquoy iettez-vous cét éclat de risée?

PYTHIE.

L'autre a le teint plus frais qu'vne ieune espousée,
Il ne sçauroit auoir que vingt ans tout au plus,
Et vous nous amenez vn vieillard tout perclus.

PHOEDRIE.

Tu me tiens des propos où mon esprit s'égare.

THAIS regardant Dorus.

Ce que cét homme en sçait, il faut qu'il le declare.

PHOEDRIE à Dorus.

Es-tu double? vien-çà; respons sans hesiter.

DORVS.

Monsieur, c'est Parmenon qui me l'a fait prester.

PHOEDRIE.

Quoy prester?

DORVS.

Mon habit.

PHOEDRIE.

A quel homme?

DORVS.

A Cherée.

THAIS.

N'en demandez pas plus, la fourbe est auerée.

PHOEDRIE.

D'où sçaurois-tu son nom?

DORVS.

Parmenon me l'a dit.

PHOEDRIE.

Mais ie te trouue encor couuert du mesme habit.

DORVS.

Incontinent apres il me l'est venu rendre.

PHOEDRIE.

A moins qu'estre deuin, l'on n'y peut rien comprendre.

THAIS.

Luy hors, on vous dira le tout de point en point.

PHOEDRIE à Dorus.

Va, retourne au logis, & ne t'éloigne point.

SCENE VI.

PHOEDRIE, THAIS, PYTHIE.

PHOEDRIE.

QVe direz-vous enfin de ma foy violée ?
Si l'aise de vous voir pour vn peu reculée
A rendu mon esprit tousiours inquieté,
Si le iour, loing de vous, me paroist sans clarté,
Si ie veille au plus fort de l'ombre & du silence,
Iugez ce que feroit vne plus longue absence;
Et si mon amour craint le seul éloignement,
Iugez ce que feroit vn triste changement.

THAIS.

Il faudra toutesfois y resoudre vostre ame,
Nous verrions à la fin soupçonner nostre flame:
Mon cœur accorde mal ce different soucy,
Et si vous m'estes cher, l'honneur me l'est aussi.

PHOEDRIE.

Cette vertu me charme en redoublant ma peine,

Vous meritez, Thaïs, vne amour plus certaine;
Dans vne autre saison ie sçaurois y pouruoir:
Mon cœur, comme le vostre, a soin de son deuoir,
Ie ne vous ayme pas pour faueur que i'obtienne,
L'aueu de mes parens, ou leur mort, ou la mienne,
Feront voir que ce cœur prest à se declarer,
S'il ne doit auoir tout, ne veut rien esperer.

THAIS.

Dequoy me peut seruir cette ardeur genereuse?
Pour plaire à vos parens ie suis trop mal-heureuse,
Se fonder sur leur mort est vn but incertain,
On se trompe souuent aux ordres du destin;
Le reste me fait peur, & iusques-là mon ame
Voyoit auec plaisir l'effort de vostre flame;
Faites vn choix plus seur, suiuez vostre deuoir,
Et croyez que ie puis vous aymer sans vous voir.

PHOEDRIE.

N'essayez point, Thaïs, de me rendre coupable,
D'vn si lâche dessein ie me trouue incapable;
Puisqu'vn autre deuoir se joint à mon desir,
Ie me rends au plus fort, & n'ay point à choisir.

SCENE

SCENE VII.

PHOEDRIE, THAIS, PYTHIE, DORIE.

DORIE.

VN Monsieur tout chargé de clinquant vous demande.

THAIS.

C'est Chremes, car voicy deux iours que ie le mande.
Qu'il monte, & toy Pythie entretiens-le vn moment;
Nous allons voir ma sœur sur cét éuenement.

PYTHIE.

Comment? seule auec luy?

PHOEDRIE.

Que tu fais la sucrée!

PYTHIE.

Quoy! vous semblay-ie donc vne chose sacrée?
Qu'on n'oseroit toucher?

THAIS.

I'approuue ton soucy;
Mais tant qu'auec Pamphile on se soit éclaircy,
Deffens-toy si tu peux, & garde qu'il s'ennuye.

PYTHIE.

Ie l'entens, sortez viste.

SCENE VIII.

CHREMES, PYTHIE.

CHREMES.

ET quoy! voila Pythie,
I'ay creu que pour sa nopce on venoit me prier.

PYTHIE.

Ie n'ay garde, Monsieur, de me tant oublier.

CHREMES.

Que me veut donc Thaïs?

PYTHIE.

Elle s'en va descendre.

CHREMES.

Ie ne me lasse point iusqu'icy de l'attendre,
Me pust-elle deux iours laisser seul auec toy.

PYTHIE.

Si vous prenez plaisir à vous mocquer de moy,
Exercez vostre esprit, n'épargnez point Pythie ;
Elle souffrira tout de peur qu'il vous ennuye,

CHREMES luy voulant mettre la main au sein.

Souffriras-tu cecy?

PYTHIE.

Monsieur, arrestez-vous:
Que ces hommes, voyez, sont fins au prix de nous!
Ils songent dés l'abord tousiours à la malice,
Ie suis pour tels galands trop simple, & trop nouice:
Vne autre fois, Monsieur, vous ne m'y tiendrez pas.

CHREMES.

Tu veux donc qu'en t'aymant, ie souffre le trépas?

PYTHIE.

Assez dans vostre sexe on se meurt de parole;
Ie crois que vous allez chacun en mesme escole,
Rien qu'vn mesme discours ne vous sert sur ce point;
Tandis qu'ils sont vermeils & remplis d'embonpoint,
Messieurs seichent sur pied (du moins à ce qu'ils disent)
En auons nous pitié, les galands nous méprisent.

CHREMES.

Et puis passer pour simple enuers moy tu pretens?

PYTHIE.

Quand Madame le dit, quelquesfois ie l'entens;
Ce sont propos d'amour trop fins pour ma boutique,
Et ie n'en sceus iamais le train ny la pratique.

CHREMES.

A propos de Madame, a-t'elle encor Thrason?
Ie suis, comme tu sçais, amy de la maison,
Pourquoy ne veux-tu pas renoüer connoissance?

PYTHIE.

Mais à propos aussi, d'où vient la longue absence
Dont vous auez payé l'accueil qu'on vous faisoit?

CHREMES.

De ce beau fanfaron qu'alors elle prisoit.

PYTHIE.

Peut-estre.

CHREMES.

Ie l'ay cru: n'en voit-elle point d'autre?

PYTHIE.

Vous sçauez ce logis qui regarde le nostre?

CHREMES.

Vn des fils de Damis est encor sur les rangs?

PYTHIE.

L'aisné.

CHREMES.

I'en suis rauy, car nous sommes parens,
Sur tout il a dequoy te donner tes estreines.

PYTHIE.

Qui luy? c'est petit gain, ie n'y pers que mes peines.

CHREMES.

Que fera-t'il du bien par les siens amassé?

PYTHIE.

Chacun serre son fait, le bon temps est passé.

CHREMES.

Tu ne te plaindrois pas si i'estois en sa place;
Et i'ay quelque present qu'il faut que ie te fasse.

PYTHIE.

Faites, vous n'oseriez.

CHREMES.

Aussi pour m'en payer...

PYTHIE.

Vers Thaïs (n'est-ce pas?) il se faut employer.

CHREMES.

Que tu destournes bien les coups que l'on te porte!

PYTHIE.

I'ay creu qu'il le falloit entendre de la sorte.

CHREMES tirant de ſon doigt vn Diamant, & le preſentant à Pythie.

Pour me mieux expliquer; tien, veux-tu cét anneau?

PYTHIE le receuant, & l'ayant regardé.

Ie ne m'engage à rien, quoy qu'il me ſemble beau.

CHREMES luy voulant mettre la main au ſein.

Si veux-je pour ce coup que ma main ſe hazarde.

PYTHIE ſe retirant, & repouſſant ſa main.

Il vous faut des tetons, vrayment on vous en garde.

CHREMES.

Mauuaiſe, laiſſe m'en au moins vn à tenir.

PYTHIE.

Arreſtez-vous, Monſieur, i'entens quelqu'vn venir.

SCENE IX.

CHREMES, PYTHIE, DORIE.

DORIE.

Madame est vn peu mal, & ie viens pour vous dire...

CHREMES.

Que ie monte?

DORIE.

Ouy Monsieur.

CHREMES.

I'estois en train de rire;
Foin de la Messagere, & de son compliment;
Vn beau coup m'est rompu par elle asseurément,
De l'endroit où i'en suis souuien-toy bien Pythie!
Car ie veux à demain remettre la partie.

ACTE V.

ACTE V.

SCENE I.

GNATON sortant de chez Thaïs.

TV me fais donc chasser, femme ingrate & sans foy!
Est-ce ainsi que l'on traitte vn agent comme moy?
Quoy! respecter si peu ce sacré caractere!
Le nom d'Ambassadeur que par tout on reuere
Est icy méprisé par ce sexe inhumain,
Qui mesme sur l'autel iroit porter sa main!
Est-il chose assez saincte à l'endroit d'vne femme?
Ny respect, ny serment ne peut rien sur son ame.
Elle viole tout sans honte, & sans soucy,
A moins que d'apporter ie n'ay que faire icy:

A peine a-t'on receu le present de mon maistre
Qu'aucun de ce logis ne le veut plus connaistre;
Si pourtant mon auis n'en est point dédaigné,
On l'y verra tantost, & bien accompagné.
Mais i'apperçois Damis, auroit-il pu m'entendre?
A Dieu pauure logis, tu n'as qu'à nous attendre!

SCENE II.

DAMIS, PARMENON.

DAMIS.

DEpuis qu'encor enfant tu me fus presenté,
Ton Zele à me seruir s'est tousiours augmenté:
Aussi t'ay-je donné mes deux fils à conduire;
Parmenon, si tu peux à l'hymen les reduire,
Pour prix de tes trauaux ie te veux affranchir:
Peut-estre que l'aisné ne se pourra fléchir,
Son amour pour Thaïs est encor vn peu forte;
Entrepren mon cadet, qui des deux il n'importe.
Dés lors que i'en verray l'vn ou l'autre soumis,
Tu te peux asseurer de ce qu'on t'a promis.

PARMENON.

Ie ne refuse point vn si digne salaire;
Mais rien que mon deuoir ne m'excite à bien faire:
Vous m'y voyez, Monsieur, desia tout preparé;
Non que ie m'en promette vn succez asseuré;
Il est des plus douteux du costé de Phœdrie;
I'ay beau parler d'hymen, c'est en vain qu'on le prie,
Tout autre m'entendroit, luy seul me semble sourd.

DAMIS.

Ie m'en promettois mieux, lors que son prompt retour
A destruit mes projets fondez sur son voyage.

PARMENON.

On n'en rencontre point qui tiennent leur courage;
Tous ces frequens dépits font peu pour ce regard;
Riottes entre amans sont ieux pour la pluspart,
Vous les trouuerez tous bastis sur ce modelle;
Vn mot les met aux champs, demy mot les rappelle,
Et tout consideré, ce qu'on peut faire icy,
C'est d'en remettre au temps la cure & le soucy:
Quant à vostre cadet i'en espere autre chose.

DAMIS.

Qu'il s'asseure de moy, quelque objet qu'il propose,

Vn autre auroit voulu s'en reseruer le choix ;
Mais n'estant pas d'humeur à prendre tous mes droits,
Si la beauté luy plaist ; j'entens qu'il se contente,
Et la dot d'vne bru ne fait point mon attente.
Il me peut satisfaire, & suiure son desir,
Pourueu que de naissance il sçache la choisir.
Cecy les reduiroit, s'ils estoient tous deux sages,
I'ay du bien, grace aux Dieux, assez pour trois mesnages ;
Il ne m'est plus besoin de former d'autres vœux
Que de me voir bien-tost renaistre en mes neueux,
Et qu'vn petit Cherée entre mes bras se iouë.

PARMENON.

Vostre desir est iuste, & pour moy ie le louë.

DAMIS.

Ie m'en suis, Parmenon, si fort entretenu,
Que ie crois desia voir mon cadet reuenu.

PARMENON.

Vous le verrez aussi, dormez en asseurance,
Ie ne suis pas deuin ; mais i'ay bonne esperance.
Qui vous en parleroit, Monsieur, dés aujourd'huy ?

DAMIS.

Tu flattes vn peu trop l'amour que i'ay pour luy.

PARMENON.

Il n'est à mon auis que d'auancer matiere.

DAMIS.

Ie remets en tes mains mon esperance entiere.

PARMENON.

Il s'en faut asseurer le plustost qu'on pourra.

DAMIS.

Agy, parle, dispose, ainsi qu'il te plaira;
Tasche à me rendre heureux par vn double hymenée:
Si l'aisné pour Thaïs tient son ame obstinée,
Ie consens qu'il l'espouse auant la fin du iour;
D'abord il te faudra combattre son amour,
Et s'il ne se rend point, luy redonner courage:
Tu me vois, grace aux Dieux, assez sain pour mon âge;
Mais si la mort nous trompe, & rend libre mon fils,
Il conclurra l'affaire, ou peut-estre encor pis:
Ie remets, Parmenon, le tout à ta prudence;

De leurs plus grands secrets ils te font confidence,
Mesnage ton credit, & m'auertis de tout,
Il n'y faut plus penser si tu n'en viens à bout.
Ie m'en vais cependant trouuer Archidemide,
Par des tours de chicane vn voisin l'intimide;
Tu peux en voir l'auis qu'il me vient d'enuoyer,
A les mettre d'accord on deuroit s'employer:
Il ne s'agit enfin que de fort peu de chose;
Cette lettre contient vn recit de la cause,
Mais si long, si confus, que ie veux sans tarder
M'en instruire aujourd'huy, pour demain la plaider.

PARMENON.

Dittes luy qu'il abrege, & que vostre presence
Ne nous manque au besoin par trop de complaisance.

DAMIS.

Il est long en effet.

PARMENON.

Gardez de l'estre aussi.

DAMIS.

Son logis, en tout cas, n'est qu'à trois pas d'icy.

PARMENON seul.

Les voilà bien ensemble, & ie tiens que le nostre
A rebattre vn discours l'emporte dessus l'autre:
Pour moy i'ay de la peine à souffrir cét excés:
Quand vn plaideur s'en vient m'enfiler son procés,
Quelque excuse aussi-tost m'épargne vn mal de teste,
De peur d'estre surpris la tenant tousiours preste;
D'vn mon maistre m'attend, j'interromps leur caquet:
Qu'Archidemide vienne il aura son pacquet,
Fust-il plus reuerend cent fois qu'il ne nous semble.

SCENE III.

CHREMES, PHOEDRIE, CHEREE, PARMENON.

PARMENON.

TOus deux fort à propos ie vous rencôtre ensemble;
Mais ce lieu m'est suspect, tirons-nous à l'écart.

CHREMES.

Adieu; dans vos secrets ie ne veux point de part.

PHOEDRIE.

Vous pouuez demeurer, ie sçay vostre prudence,
On se peut deuant vous ouurir en confidence,
Ne crain point Parmenon.

PARMENON.

Le voulez-vous ainsi?
Damis nostre vieillard vient de partir d'icy....

PHOEDRIE.

Ie sçauois son retour.

PARMENON.

Il sçait aussi le vostre;
Et comme on peut tomber d'vn discours en vn autre,
M'ayant de vos amours long-temps entretenu,
A des propos d'hymen il est enfin venu:
Qu'il se voyoit desia presqu'vn pied dans la tombe,
Qu'au faix de tant de biens chargé d'ans il succombe;
Que pour courir à tout n'estant plus assez vert,
Il se veut desormais tenir clos & couuert;
Caresser les pieds chauds quelque bru qui luy plaise,
Conter son ieune temps, banqueter à son aise:
C'est là (ce m'a-t'il dit) le seul but où ie tends;

S'ils

S'ils veulent voir mes iours plus longs & plus contens,
Il faut qu'vn prompt hymen me deliure de crainte;
Non que ie leur impose vne aueugle contrainte,
Pour plustost les reduire à suiure mon desir,
Ie leur laisse à tous deux le pouuoir de choisir;
(Citoyenne i'entens) du reste il ne m'importe;
Ennuyé des chagrins que l'âge nous apporte
Ie ne demande plus qu'vn entretien flatteur,
Qui dessus mes vieux iours me mette en belle humeur.
Que l'vn ou l'autre enfin choisisse vne Maistresse;
L'amour de ces objets qu'on suit dans la jeunesse,
Ne produit rien d'égal aux plaisirs infinis
Que cause vn sacré nœud dont deux cœurs sont vnis;
Tu sçais que les douceurs iamais ne s'en corrompent,
Au lieu que ces amours dont les charmes nous trompẽt,
Iamais à bonne fin ne peuuent aboutir;
On verra mon aisné trop tard s'en repentir:
I'en ay sceu le retour aussi-tost que l'absence,
Ce changement soudain, cette molle impuissance
M'empeschent d'esperer qu'il s'accorde à mes vœux;
Mais le cadet encor n'estant pas amoureux,
C'est là qu'il faut tourner l'effort de la machine,
Et de peur que Thaïs ou quelque autre voisine,
Par son ciuil accueil ne l'aille retenir,
Sans perdre vn seul moment il le faut preuenir.
S'il se pouuoit, ô Dieux! que i'aurois d'alegresse!

Tu sçais qu'il a long-temps voyagé par la Grece,
A peine en reuient-il, & depuis son retour
Ie ne vois point qu'encor il ait conceu d'amour:
Ses plaisirs ont esté les cheuaux & la chasse,
Auant qu'vne Maistresse en son cœur ait pris place,
Peut-estre son deuoir ailleurs l'aura porté:
A ces mots le vieillard en pleurant m'a quitté.
C'est vn pere apres tout, il faut qu'on luy complaise.

PHOEDRIE.

Vrayment vous en parlez tous deux bien à vostre aise;
Si l'amour en vos cœurs regnoit pour vn moment,
Ie vous verrois bien-tost d'vn autre sentiment.

PARMENON.

Contre moy sans raison vous entrez en colere;
D'Interprete, sans plus, ie sers à vostre pere;
Quoy que vous m'entendiez parler en Precepteur,
De tout ce long discours ie ne suis point l'auteur;
Vous voyez que cecy tient beaucoup de son style.

PHOEDRIE.

Tu ne l'es pas non plus de la fourbe subtile
Dont mon frere en Eunuque aujourd'huy déguisé,
A chacun du logis par sa feinte abusé:

Qui t'a rendu muet? cherches-tu quelque excuse?

CHERE'E.

C'est à moy qu'il vous faut imputer cette ruse,
Assez pour m'en distraire il s'est inquieté:
Enfin n'en parlons plus, c'est vn point arresté,
Gardez vostre Thaïs, laissez-moy ma Pamphile,
Et pendant que mon pere est d'humeur si facile,
Allons luy proposer le choix que i'en ay fait.

PARMENON.

Croyez-vous que d'abord il en soit satisfait?
N'estant que ce qu'elle est, i'en aurois quelque crainte.

CHERE'E.

Quoy! tu ne sçais donc pas le succez de ma feinte?

PARMENON.

Non, car tousiours depuis i'ay demeuré chez nous.

CHERE'E.

Pamphile est Citoyenne.

PARMENON.

O Dieux! que dittes-vous?

Pamphile est Citoyenne!

CHERE'E.

Et Chremes est son frere.
Te conter en détail comment il s'est pû faire
Demanderoit peut-estre vn peu plus de loisir,
C'est assez que la chose au gré de mon desir
S'est n'agueres entre-nous plainement auerée;
Outre que de sa sœur la foy m'est asseurée,
Chremes ne me tient pas vn homme à dédaigner;
Il ne nous reste plus que mon pere à gagner.

PARMENON.

Ie vous le veux liurer au plus tard dans vne heure,
Du vieillard au procés sçauez-vous la demeure?
C'est là qu'il nous attend.

PHOEDRIE.

Que mon frere est heureux
De se voir possesseur aussi-tost qu'amoureux!
Chacun s'oppose au bien que merite ma peine;
Thaïs n'a plus en moy qu'vne esperance vaine,
Ne pouuant de discours plus long-temps l'amuser,
I'ay promis de mourir, ou bien de l'épouser:
Mourons puis que l'on n'ose en parler à mon pere;
Ce n'est que pour moy seul qu'il se montre seuere;

Adieu, ie vais mourir.

PARMENON.

Attendez vn moment:
I'ay par son ordre seul harangué vainement,
Et par son ordre enfin ie vous rends l'esperance;
Vous feriez beaucoup mieux d'vser de deference,
Mais puis que tant d'amour loge dans vostre sein,
Que cette amour d'ailleurs s'obstine en son dessein,
Vous irez iusqu'au bout, i'ose vous le promettre,
Obtenez de Chremes qu'il se veüille entremettre,
Et parlant pour tous deux vous sauue vn compliment
Qui vous feroit rougir dans son commencement.

CHREMES.

Ie me tiens tout prié.

CHEREE.

Nous vous en rendons grace.

PHOEDRIE.

Ah mon cher Parmenon vien ça que ie t'embrasse.

PARMENON.

Il n'est pas encor temps.

SCENE IV.

DAMIS, CHREMES, PHOEDRIE, CHERE'E, PARMENON.

DAMIS.

IE reuiens faire vn tour,
Mon homme estoit absent, & i'attens son retour:
Mais i'apperçoy nos gens qui consultent ensemble.

CHREMES.

Voila, si ce n'est luy, quelqu'vn qui luy ressemble.

DAMIS.

Qu'a de commun Chremes auec leur entretien?
Ce n'estoit qu'vn iadis de son pere & du mien,
Peut-estre mes enfans luy content leur affaire.

CHERE'E bas à Chremes.

Viste, car il s'approche.

CHREMES.

Allez, laiſſez-moy faire.

PARMENON à Cherée.

Ne ſçauriez-vous ſans haſte attendre l'auenir?
Voſtre teſte à l'éuent ne ſe peut contenir;
D'vn ton plus ſerieux taſchez de luy reſpondre,
Ne l'interrompez point, parlez ſans vous confondre.

PARMENON à Chremes.

Vous, commencez le choc, & puis à noſtre tour
Vous nous verrez tous deux appuyer ſon amour.

DAMIS.

Comment vous va Chremes?

CHREMES.

Mieux qu'en iour de ma vie:
Et vous?

DAMIS.

De mille maux la vieilleſſe eſt ſuiuie.

CHREMES.

Il ſe faut conſoler, c'eſt vn commun malheur.

DAMIS.

Damis a fait ſon temps, d'autres faſſent le leur.
Mais à propos, Chremes, quand ſeray-ie de feſte?
Pour rire à voſtre hymen dés long-temps ie m'appreſte,
C'eſt vne honte à vous d'eſtre ſi vieux garçon,
Et ie veux que mes fils vous faſſent la leçon.
Quand voulez-vous quitter cette humeur ſolitaire?

CHREMES.

Si ie vous propoſois vne ſemblable affaire?

DAMIS.

Pour qui? pour mon cadet?

CHREMES.

C'eſt de luy qu'il s'agit.

DAMIS.

Ie m'en ſuis bien douté, car meſme il en rougit.

CHREMES.

Ie ne veux point priſer vn party qui me touche,
Ses loüanges, Damis, ſiéroient mal en ma bouche;
Mais enfin l'alliance eſt aſſez à ſouffrir,

En vn

En vn mot, c'est ma sœur que ie vous viens offrir.

DAMIS.

Vostre sœur! vous révez, où l'auriez-vous trouuée?

CHREMES.

A l'aage de quatre ans elle fut enleuée,
On vient de me la rendre, & Thaïs l'a chez soy;
Afin que l'on adjouste à cecy plus de foy,
Dés-lors que vous aurez acheué l'hymenée,
La moitié de mes biens à ma sœur est donnée,
Auec espoir de tout; mais apres mon trépas:
Quant à vous étaler tous ses autres appas,
Ie ne m'en mesle point, c'est à ceux qui l'ont veuë.

PHOEDRIE.

Chacun sçait la beauté dont Pamphile est pourueuë.

CHERE'E.

Qui la possedera, doit s'estimer heureux.

PARMENON à Damis.

Vous-mesme en deuiendrez, ie le gage, amoureux;
On ne s'en peut sauuer, & fust-on tout de glace.

I'estime sa beauté, mais i'admire sa grace;
Ne cherchez pas plus loin, Monsieur, & m'en croyez.

CHREMES à Damis.

Vous n'en sçauriez iuger si vous ne la voyez;
Aussi bien faudra-t'il prouuer cette auanture;
Quoy que mon bien promis assez vous en asseure,
Si ce n'estoit ma sœur, voudrois-je la doter?
Beaucoup d'autres raisons m'empeschent d'en douter,
L'âge & le temps du rapt peuuent seruir d'indice,
Ce qu'en dit mon valet, ce qu'en sçait sa nourrice,
Vne marque en son bras, vne autre sur son sein.

DAMIS.

I'entre donc chez Thaïs, non pas pour ce dessein,
Il suffit de sçauoir la beauté de Pamphile.

CHREMES.

Vous éclaircir de tout ne peut estre inutile.

DAMIS.

Touchez là, ie ne veux autre éclaircissement.

CHREMES.

Thaïs vous apprendra tout cét éuenement,

Sans l'ardeur de son Zele enuers nostre famille
Ie n'aurois point de sœur, vous n'auriez point de fille:
Pamphile doit au soin que les siens en ont eu
Tout ce qu'elle a d'esprit, de grace, & de vertu;
Enfin chacun de nous estant son redeuable,
Pour moy de ce costé ie me tiens insoluable:
Ma sœur ne l'est pas moins, son amant l'est aussi,
Iugez qui de nous tous doit prendre ce soucy.

DAMIS.

Mon aisné volontiers se charge de la debte.

CHREMES.

Que voulez-vous qu'il dõne, ou du moins qu'il promette?
Car donner maintenant n'est pas en son pouuoir.

DAMIS.

Ce sera, ie m'en doute, à Damis d'y pouruoir:
I'en suis content, Chremes, & veux sans repugnance
Marquer cét heureux iour d'une double alliance.
Ma ioye & vos conseils, tout parle pour Thaïs;
Nous n'auons à gagner que le cœur de mon fils,
N'apprehendez-vous point l'effort qu'il faudra faire?

CHREMES.

S'il s'est laissé gagner, il a sceu vous le taire;

Que pouuoit-il de plus que garder le respect?
Il se taist mesme encor, & tremble à vostre aspect.

DAMIS.

Ses yeux parlent assez, si sa langue est muette,
Et i'en tiens le silence vne marque secrette;
Que cét excez de ioye auoit peine à sortir!
Ie vais prier Thaïs d'y vouloir consentir,
Pour épargner sa honte, attendez que i'en sorte.

SCENE V.

THRASON, GNATON, CHREMES, PHOEDRIE, CHEREE, PARMENON, SYRISCE, DONAX, SANGA, SIMALION, & autres personnages muets.

THRASON.

Courage compagnons, commençons par la porte.

CHERE'E bas à sa Trouppe.

Voicy le Capitan tout prest de nous brauer.

PHOEDRIE.

Luy découurirons-nous ce qui vient d'arriuer?

CHREMES.

Il vaut mieux en tirer le plaisir qu'on peut prendre.

CHEREE.

Il ne nous a pas veus, cachons-nous pour l'entendre.

THRASON.

Simalion, Donax, Syrisce suiuez-moy:
Tu sçauras ce que c'est d'auoir faussé ta foy
Déloyale Thaïs, & d'aymer vn Phœdrie;
Mais il nous manque icy de nostre Infanterie.

GNATON.

Le reste suit de prés, les feray-je auancer?

THRASON.

Tels coquins ne sont bons qu'à nous embarasser.

GNATON.

I'en tiens pour vostre bras le secours inutile.

THRASON.

Par les cheueux d'abord ie veux prendre Pamphile.

GNATON.

Tres-bien.

THRASON.

Et puis apres luy donner mille coups.

GNATON.

Ce sera fait, Seigneur, fort vaillamment à vous.

THRASON.

Pour Thaïs tu peux dire autant vaut qu'elle est morte.

GNATON.

Dieux! quel nombre d'exploits!

THRASON.

Rangeons cette Cohorte:
Hola Simalion, voicy vostre quartier.

GNATON.

C'est là ce qu'on appelle entendre le mestier.

THRASON.

Et toy, Syrisce?

SYRISCE.

Au gros ?

THRASON.

Non, conduy l'aile droitte.

GNATON.

Ie ne vois rien de tel qu'vne vaillance adroitte.

THRASON.

Donax pren ce belier, & marche auec le gros ;
Ie ne vois point Sanga, vaillant parmy les brocs,
Sanga.

SANGA.

Que vous plaist-il ?

THRASON.

Tu manques de courage.

SANGA.

Ne faut-il pas quelqu'vn pour garder le bagage ?

THRASON.

L'on ne te void iamais combattre au premier rang :

Pourquoy tiens-tu cecy?

SANGA.

Pour étancher le sang.

THRASON.

Est-ce auec vn mouchoir que tu pretends combattre?

SANGA.

La vaillance du Chef, & de ceux qu'il faut battre,
M'ont fait croire, Seigneur, qu'on en auroit besoin;
Il faut pouruoir à tout.

THRASON.

N'a-t'on pas eu le soin
Des viures qu'il faudra pour nourrir nostre armée?

GNATON.

Ouy Seigneur, & sçachant qu'vne trouppe affamée
N'est pas de grand effet, i'ay laissé Sauuion
Pour mettre ordre au souper, & garder la maison.

THRASON.

Vn autre employ, Gnaton, se doit à ta prudence;
Va commencer l'attaque, & monstre ta vaillance,
Ie donneray d'icy les ordres du combat;

Iamais

Iamais qu'en vn besoin le bon Chef ne se bat,
Chacun commence à craindre aussi-tost qu'il s'expose.

GNATON.

Auecque vous sans cesse on apprend quelque chose,
Encore vne leçon, ie sçaurois le mestier.

THRASON.

Ce n'est pas pour neant qu'on me tient vieux routier.

CHEREE sortant d'où il estoit caché auec sa Trouppe.

Ie n'en puis plus souffrir l'insolente brauade.

THRASON.

N'entens-tu rien Gnaton? Dieux! c'est vne embuscade,
Enfans, sauue qui peut, car nous sommes trahis;
D'où peut estre venu ce secours à Thaïs?

DONAX.

Le secours n'est pas grand, & nous pouuons nous battre.

THRASON.

Il faut tout éprouuer auant que de combattre;
Le sage n'en vient point à cette extremité,

S

Qu'apres n'auoir rien pû gagner par vn traitté;
Quant à moy i'ay tousiours gardé cette coustume.

GNATON.

Vous estes pour le poil autant que pour la plume,
Bon en paix, bon en guerre, enfin homme de tout.

THRASON.

Qui peut sans coup ferir mettre vne affaire à bout,
Seroit mal conseillé d'en vser d'autre sorte.

CHERE'E.

Soldat, que cherchez-vous autour de cette porte?

THRASON.

Mon bien.

CHERE'E.

Quoy vostre bien?

THRASON.

Pamphile.

CHERE'E.

Est-elle à vous?

Ie n'ayme point à rire, & ſuis vn peu ialoux:
Tréve de differend, ou vous verrez folie.

THRASON.

De grace conteſtons ſans fougue et ſans ſaillie;
C'eſt belle choſe en tout d'écouter la raiſon,
Ie ſouſtiens que Pamphile appartient à Thraſon.

CHREMES.

Par quel droit?

THRASON.

Par l'achapt que l'on m'en a veu faire,
Enfin ie ſuis ſon Maiſtre.

CHREMES.

Et moy ie ſuis ſon frere
Qui n'ay ſoucy d'achapt, de Maiſtre, ny d'argent.

THRASON.

On m'a touſiours tenu pour vn homme obligeant,
Ie le veux eſtre encor: allez, ie vous la donne,
Mais i'entens pour Thaïs que l'on me l'abandonne.

PHOEDRIE.

Encor moins celle-cy.

THRASON.

Que sert donc nostre accord ?

PHOEDRIE.

I'ay l'esprit trop ialoux, ie vous l'ay dit d'abord,
Et ne sçaurois souffrir seulement qu'on la nomme.

GNATON.

Pauures gens d'attirer sur vos bras vn tel homme !
Vous feriez beaucoup mieux de l'auoir pour amy,
Il ne sçait ce que c'est d'obliger à demy.

PHOEDRIE.

Beaucoup mieux ! & qu'es-tu pour parler de la sorte ?
Si ie te vois iamais regarder cette porte,
M'entens-tu ? tu sçauras ce que pese ma main :
Ne me va point conter : c'est icy mon chemin,
Et ie ne sçaurois pas m'empescher d'y paraistre ;
Ie ne veux voir autour le valet ny le maistre :
Est-ce bien s'expliquer ?

GNATON.

Des mieux, & nettement :
Mais peut-on à l'écart vous parler vn moment ?

PHOEDRIE.

Hé bien?

GNATON bas à l'écart.

Nostre Soldat a la bource garnie ;
Vous le pouuez admettre en vostre compagnie ;
Il n'est pas pour vous nuire aupres d'aucun objet,
Pour donner du soupçon c'est vn foible sujet.
Si Thaïs l'a souffert, vous en sçauez la cause,
Sa presence d'ailleurs est bonne à quelque chose :
Il peut sans vous causer de crainte & de soucy
Vous défrayer de rire, & de festins aussi.

PHOEDRIE.

I'accepte au nom des trois le party qu'on nous offre ;
Non que nous ayons peur de foüiller dans le coffre,
Mais afin d'en tirer du diuertissement.
I'en vais dire à Chremès quatre mots seulement ;
Car que d'aucun soupçon mon ame soit saisie,
Le Soldat n'est pas homme à donner jalousie.

Tout ce que i'en ay dit, estoit pour l'abuser;
Mais crois-tu qu'au hazard il se veüille exposer?

GNATON.

Faites venir vos gens, & puis laissez-moy faire.

PHOEDRIE à Chremes.

Chremes, vostre conseil est icy necessaire,
Et vous aussi, mon frere, approchez vn moment.

GNATON retourne vers Thrason.

Seigneur, i'ay ménagé vostre accommodement;
Chacun pourra seruir cette femme à sa mode,
Et crois que ce Riual se rendant incommode,
Thaïs le quittera pour estre toute à vous;
On ne trouue iamais son compte à des jaloux:
Vostre bource d'ailleurs n'estant point épargnée,
L'interest vous pourra donner cause gagnée;
Et fust-elle d'humeur à le trop negliger,
Vostre merite seul suffit pour l'engager.

THRASON.

Ie t'entens, que faut-il à present que ie fasse?

GNATON.

D'abord à ces Messieurs vous deuez rendre grace,

Et reconduire apres vos trouppes au logis,
Où comme en quelque port heureusement surgis,
Apres tant de trauaux, de dangers, & d'alarmes,
En beaux verres de vin nous changerons nos armes,
Beuuant à la santé de nostre Conducteur,
Qui de cette victoire a seul esté l'auteur.

THRASON.

Ie croy que c'est le mieux que nous puissions tous faire.

THRASON à Phœdrie, & à sa Trouppe.

Messieurs, ne suis-je point en ce lieu necessaire?

PHOEDRIE.

Comment?

THRASON.

Ie me retire, & mes gens auec moy.

PHOEDRIE.

Gnaton vous a-t'il dit?....

THRASON.

Ouy Messieurs, c'est dequoy
Ie rends tres-humble grace à vostre Seigneurie;
De ma part si iamais il suruient broüillerie,
En pieces aussi-tost ie consens d'estre mis,

Et de l'heureux mal-heur qui nous rend bons amis,
Il ne sera moment que le iour ie ne chomme.

GNATON.

Vous ay-je pas bien dit qu'il estoit galant-homme?

CHERE'E à Thrason.

Il reste cependant querelle entre nous deux;
Quoy! vous vouliez tantost en prẽdre vne aux cheueux!
Il faut que ie la vange au peril de ma vie.

THRASON.

Ah! ne rẽveillons point vne noise assoupie.

PHOEDRIE.

Il a raison, mon frere, & c'est à contre-temps.

THRASON à ses Soldats.

De l'auantage acquis estans plus que contens,
Soldats retirons-nous, à vos rangs prenez garde;
Pour moy i'auray le soin de mener l'auant-garde.

CHREMES.

C'est faire en vaillant Chef.

SCENE VI.

SCENE VI.

DAMIS, CHREMES, THAIS, PHOEDRIE, CHEREE, PAMPHILE, PARMENON.

CHREMES.

DAmis a bien perdu,
Que n'a-t'il vn moment auec nous attendu!
Comme nous il eust eu sa part de la risée:
Mais le voicy qui vient auecque l'épousée.

PARMENON.

Cét hymen le fera de moitié rajeunir.

DAMIS presentant Pamphile à Cherée.

Mon fils! ie te la rends, tu peux l'entretenir,
Et ie trouue Pamphile & si sage, & si belle,
Que si ie ne sçauois que tu brûles pour elle,
Ie t'y voudrois porter; mais son œil trop charmant
En a sceu preuenir le doux commandement:
Les Dieux en soient loüez, & fassent que son frere

Acheue sans tarder l'hymen qu'il pretend faire :
Ie donne vingt talens.

CHREMES.

I'accepte le party.

DAMIS.

Et i'attens qu'à nos vœux Pamphile ait consenty.

CHREMES.

Espargnez-luy, Damis, cét aueu de sa flame ;
Son front vous dit assez ce qu'elle a dedans l'ame,
Cette rougeur n'a point les marques d'vn courroux.

PAMPHILE.

Mon frere vne autre fois vous parlerez pour vous.

CHREMES.

Vne autre fois, ma sœur, vous parlerez sans feinte.

PAMPHILE.

Puis que vous le voulez, i'obeïs sans contrainte.

CHREREE.

La seule indifference est peu pour mon desir.

CHREMES.

Adjoustez-y, ma sœur, que c'est auec plaisir.

PAMPHILE.

Ce iour est pour Pamphile vn iour d'obeïssance.

THAIS.

En puissiez-vous long-temps celebrer la naissance.

CHREMES à Thaïs.

C'est sçauoir adjouster trop de grace au bien-fait.

THAIS.

Ie voudrois que mon Zele eust produit plus d'effet.

CHREMES.

Quel autre effet ma sœur en pouuoit-elle attendre ?
Vos soins à l'obtenir, vos bontez à la rendre,
Et l'excés d'amitié que nous auons pu voir,
Nous enseignent assez quel est nostre deuoir.
Disposez de mes biens, de moy, de ma famille ;
Tenez-moy lieu de sœur.

DAMIS.

Tenez-moy lieu de fille,

Puis qu'on doit à vos soins tout l'heur de ce succez.

THAIS.

Cét honneur me confond, & va iusqu'à l'excez.

DAMIS.

Ce n'est pas tout, Madame, acheuez la iournée,
Nous voulons vous deuoir vn second hymenée,
Vous me l'auez promis.

THAIS.

J'accepte vostre loy,
Et la suy de bon cœur en luy donnant ma foy.

CHERE'E.

Vous oserois-je encor demander quelque chose?

DAMIS.

Tu peux tout à present, dy moy, parle, propose,
Tu verras ton desir exactement suiuy.

CHERE'E.

Vous sçauez à quel point Parmenon m'a seruy.

DAMIS.

I'entens à demy mot, tu veux qu'on l'affranchisse?

CHEREE.

Mon Pere, que cecy tout d'vn temps s'accomplisse.

DAMIS.

Il est juste, & desia i'en ay donné ma foy;
Sois libre Parmenon, mais demeure auec moy.

PARMENON.

Par ce double bien-fait mon attente est comblée.

PHOEDRIE.

De te voir affranchy ma ioye est redoublée.

CHREMES.

Le temps est vn peu cher, quittons ces complimens,
Et ne retardons point l'aise de nos amans.

FIN.

PRIVILEGE DV ROY.

LOVIS PAR LA GRACE DE DIEV ROY DE FRANCE ET DE NAVARRE : A nos amez & feaux Conseillers les gens tenans nos Cours de Parlement, Maistres des Requestes ordinaires de nostre Hostel, Baillifs, Seneschaux, Preuosts, leurs Lieutenans, & à tous autres de nos Iusticiers & Officiers qu'il appartiendra ; SALVT. Nostre bien-amé AVGVSTIN COVRBE' Marchand Libraire en nostre bonne ville de Paris, nous a fait remonstrer, qu'il a recouuré vne *Comedie Françoise intitulée l'Eunuque, faite par le sieur de la Fontaine :* qu'il desireroit mettre au iour s'il nous plaisoit de luy accorder nos Lettres sur ce necessaires. A CES CAVSES, Nous auons permis, & permettons à l'Exposant d'imprimer, faire imprimer, vendre & debiter en tous les lieux de nostre obeïssance ladite Comedie, en vn ou plusieurs volumes, en telles marges, en tels caracteres, & autant de fois qu'il voudra, durant dix ans, à compter du iour qu'elle sera acheuée d'imprimer pour la premiere fois. Et faisons tres-expresses défenses à toutes personnes de quelque qualité & condition qu'elles soient, de l'imprimer, vendre, ny distribuer en aucun lieu de nostre obeïssance, sous pretexte d'augmentation, correction, changement de tiltre, fausses marques, ou autrement, en quelque sorte & maniere que ce soit, sans le consentement de l'Exposant, à peine de quinze cens liures d'amande, payables sans deport par chacun des contreuenans, & applicables, vn tiers à Nous, vn tiers à l'Hostel-Dieu de Paris, & l'autre tiers audit Exposant, de confiscation des exemplaires contrefaits, & de tous dépens, dommages & interests. A condition qu'il sera mis deux Exemplaires de ladite Comedie qui sera imprimée en vertu des presentes, en nostre Bibliotheque publique, & vn en celle de nostre tres-cher & feal le Sieur Molé, Cheualier, Garde des Sceaux de France, auant que de l'exposer en vente; & que les presentes seront registrées dans le Liure de la Communauté des Libraires de nostredite ville de Paris, suiuant le Reglement de nostre Cour de Parlement, à peine de nullité d'icelles; du contenu desquelles nous voulons & vous mandons que vous fassiez ioüir pleinement & paisiblement l'Exposant, & ceux qui auront droict de luy, sans souffrir qu'il leur soit donné aucun empeschement. VOVLONS aussi qu'en mettant au commencement ou à la fin de chacun desdits Volumes vn Extraict des presentes, elles soient tenuës pour deuëment signifiées, & que foy y soit adjoustée, & aux copies collationnées par vn de nos amez & feaux Conseillers & Secretaires, comme à l'Original. MANDONS au premier nostre Huissier ou Sergent sur ce requis de faire pour l'execution d'icelles tous exploits necessaires, sans demander autre permission. CAR TEL EST NOSTRE PLAISIR, nonobstant oppositions ou appellations quelconques, & sans preiudice d'icelles, pour lesquelles nous ne voulons qu'il ſoit differé, Clameur de Haro, Chartre-Normande, & autres Lettres à ce contraires. DONNE' à Paris le vingt-troiſiéme iour de Iuin, l'an de grace mil ſix cens cinquante-quatre; & de noſtre Regne, le douziéme.

PAR LE ROY EN SON CONSEIL.

CONRART.

Regiſtré ſur le Liure de la Communauté le 13. Aouſt 1654. conformément à l'Arreſt du Parlement du 9. Auril 1653.

BALLARD, Syndic.

Acheué d'imprimer pour la premiere fois le dix-ſeptiéme Aouſt, mil ſix cens cinquante-quatre.

Les Exemplaires ont eſté fournis.

www.ingramcontent.com/pod-product-compliance
Ingram Content Group UK Ltd.
Pitfield, Milton Keynes, MK11 3LW, UK
UKHW031855260826
14628UKWH00002B/784